Des enfants drôlement SÉRIEUX

Caroline Adderson

Texte français d'Isabelle Allard

Éditions SCHOLASTIC

À Patrick, mon enfant pas très sérieux

Catalogage avant publication de Bibliothèque et Archives Canada
Adderson, Caroline, 1963-
[Very serious children. Français]
Des enfants drôlement sérieux / Caroline Adderson; illustrations de
Joe Weissmann; texte français d'Isabelle Allard.

Traduction de : Very serious children.
ISBN 978-0-439-93753-5

I. Weissmann, Joe, 1947- II. Allard, Isabelle III. Titre.
IV. Titre : Very serious children. Français.

PS8551.D3267V4714 2007   jC813'.54   C2007-901024-5

Édition publiée par les Éditions Scholastic, 604, rue King Ouest,
Toronto (Ontario) M5V 1E1 CANADA.

6 5 4 3 2 1   Imprimé au Canada   07 08 09 10 11

Le papier utilisé pour ce livre ne contient aucune fibre provenant de forêts
anciennes et est composé à 30 % de fibres recyclées après consommation.

Table des matières

Moi, Nicky H.H. Gravel

Si tu penses que Nicky est le diminutif de Nicolas, tu te trompes. Je veux bien te dire mon vrai nom, mais si tu es le genre de personne qui se moque des enfants aux noms bizarres, je préférerais que tu fermes ce livre dès maintenant. Arrête de le lire tout simplement. Laisse-le dans un autobus ou sur un banc de parc, où quelqu'un de plus gentil le ramassera. À moins que tu ne l'aies emprunté à la bibliothèque, bien sûr.

Mon nom est Nickelodéon.

Tu sais peut-être déjà que Nickelodéon est le nom d'une chaîne de télévision qui diffuse des dessins animés à longueur de journée. Mais il y a très longtemps, avant l'invention de la télévision, ce mot désignait une salle de cinéma dont le prix d'entrée était fixé à cinq cents (un *nickel*, en anglais). J'ai lu ça dans un dictionnaire.

Voilà. Maintenant, tu le sais. Mon nom veut dire

« salle de cinéma bon marché ».

Et ce n'est pas tout. Tu te demandes sûrement ce que veulent dire les lettres H.H. dans Nicky H.H. Gravel. Mieux vaut te le dire aussi : Ha Ha.

Vas-y. Tu peux rire autant que tu veux. Au moins, mon nom se raccourcit en un surnom normal, contrairement à celui de mon pauvre petit frère, Bap. Son nom vient de ses initiales : B.A.P. Gravel.

Vas-y! Essaie de deviner ce que ça veut dire.

Blague à part.

Je ne blague pas.

Nous avons demandé à nos parents pourquoi ils nous avaient donné ces noms bizarres.

Ils ont répondu :

— Parce que, dès votre naissance, nous avons su que vous étiez des enfants drôlement sérieux.

— Comment le saviez-vous?

— Eh bien, vous pleuriez.

Ils espéraient que nos noms nous remonteraient le moral.

M. et Mme Pouêt

— Vos parents sont pleins de bonnes intentions, nous disait toujours M. Meilleur. Ce sont des gens heureux qui souhaitent que tout le monde soit aussi heureux qu'eux.

Avant de te parler de mes parents, je dois faire une mise en garde. Une mise en garde, au cas où tu ne le saurais pas, est un avertissement. Au cours de chaque numéro des Vaillants Voltigeurs, juste avant que mon père jaillisse du canon et soit projeté dans les gradins, M. Meilleur annonçait : « Mesdames et messieurs, une mise en

garde! La direction n'est pas responsable des blessures causées par une collision avec le clown volant! »

Voici ma mise en garde : si tu es le genre d'enfant qui a toujours rêvé de faire une fugue pour s'enrôler dans un cirque, arrête de lire. Donne ce livre à un ami plus raisonnable. Bon, tu peux lire le prochain chapitre, intitulé « La vie de cirque », mais arrête tout de suite après. Je ne veux surtout pas être celui qui t'enlèvera tes illusions.

Ma mère et mon père sont des clowns. Quand ils donnent une représentation, ils s'appellent M. et Mme Pouêt. Ils sont maquillés, mais leurs cheveux sont à eux. Enfin, je veux dire que c'est la vraie couleur de leurs cheveux. « Notre couleur naturelle! » dit toujours ma mère. Leurs nez sont des boules de mousse. Les boules sont fendues pour qu'on puisse y insérer son nez. Ça ne sent pas très bon. Et, à titre d'information, leurs pieds ne sont pas aussi grands que ça.

Quand ils ne travaillent pas et qu'ils s'appellent M. et Mme Gravel, mes parents ont tout de même une allure de clowns. Ma mère porte des robes à gros pois et mon père a toujours un nœud papillon. Ils portent les mêmes chaussettes. Rayées, bien entendu. Même s'ils étaient vêtus de jeans, de t-shirts et de chaussettes ordinaires, comme des parents normaux, je parie que les gens devineraient quel genre de travail ils font.

Bap est venu me voir dans ma chambre (j'ai ma chambre à moi, maintenant). Il voulait savoir ce que je faisais.

— J'écris l'histoire de notre vie jusqu'ici, ai-je répondu.

— Est-ce que ça finit bien?

— Pour le moment, oui, ai-je dit. Évidemment, on n'est pas encore arrivés à la fin. Mais j'ai confiance.

— Où en es-tu dans l'histoire?

— J'explique que maman et papa sont de vrais clowns, et pas seulement des gens déguisés en clowns.

— N'oublie pas de parler de leurs alliances, a dit mon frère.

— D'accord. Maintenant, va-t'en!

Contrairement aux gens mariés normaux, mes parents portent leur alliance à l'annulaire de la main

droite. « C'est parce que nous sommes le bras droit l'un de l'autre », dit mon père. Et ce n'est pas tout. Quand on leur serre la main, leur alliance bourdonne et cause un petit choc électrique. Cela surprend toujours la première fois, et personne ne leur serre la main une seconde fois.

La vie de cirque

Je dois te dire que j'écris ceci sur une machine à écrire. Incroyable, non? Nous l'avons trouvée dans le grenier. Une machine à écrire est un appareil qui existait il y a très longtemps, à l'époque où il y avait des nickelodéons. Ça fonctionne grâce à un ruban imbibé d'encre. Quand on appuie sur une touche, une tige portant une lettre de métal frappe le ruban et la lettre s'imprime sur le papier. Je ne sais pas ce que je vais faire si le ruban s'assèche. L'encre commence déjà à pâlir. Alors, si tu tournes la page au milieu d'une phrase et qu'il n'y a rien d'autre, tu comprendras pourquoi. Ce ne sera pas parce que j'ai été pris de paresse et que je n'ai pas voulu terminer mon histoire!

À l'époque des nickelodéons et des machines à écrire, beaucoup de gens allaient au cirque. Ils n'avaient pas de téléviseur, ni d'ordinateur ni d'autres modes de divertissement modernes.

Alors, quand le cirque arrivait en ville, c'était tout un événement. Les cirques ambulants étaient différents autrefois. Dans ce temps-là, des animaux faisaient partie du spectacle. Il y avait des ours qui dansaient, des éléphants qui se tenaient en équilibre sur des ballons et des tigres qui bondissaient dans des cerceaux enflammés. Puis la SPCA a déclaré que c'était cruel. Je dois avouer que je suis d'accord. Je suis heureux que le cirque ait changé.

Ayant passé la plus grande partie de sa vie dans le milieu du cirque, M. Meilleur avait toujours plein d'histoires à raconter sur sa « famille d'animaux », comme il l'appelait. Les murs de sa roulotte étaient couverts de photos des débuts de sa carrière. Sur l'une d'elles, M. Meilleur posait à côté d'un ours vêtu d'un tutu. Pauvre animal! (Aimerais-tu ça, *toi*, porter une jupe?) Sur une autre photo, un lion était assis sur la poitrine de M. Meilleur qui lui faisait lécher un cornet de crème glacée. D'après M. Meilleur, les lions préfèrent la saveur de fraise. Je ne crois pas que les lions devraient manger de la crème glacée, ni vivre dans des cages. Ils devraient être totalement libres. Quand j'ai dit ça à M. Meilleur, il a répondu : « Tu as raison, Nicky, bien sûr. Mais dans ce temps-là... Oh! c'était le bon temps! »

Nous avions seulement deux animaux dans notre cirque : le lapin blanc de M. Meilleur, qui s'appelait Sir Wilfrid (Laurier), et notre petite Coco. Coco est  une chienne chihuahua au nom difficile à épeler et aux gros yeux globuleux. Les gens nous demandent parfois si son collier est trop serré. Mais non, elle est faite comme ça. J'aimerais pouvoir remettre Coco en liberté, mais elle reviendrait toujours.

Dans les cirques d'autrefois, il y avait aussi des gens avec des problèmes de santé. Ils devaient porter des costumes et s'asseoir dans des cages portant des écriteaux humiliants comme : *La femme à barbe*, *La plus grosse femme du monde* ou *Tom Pouce*. M. Meilleur a aussi des photos de ces membres de la « famille » du cirque. L'une se nommait Jean-Jeanne. Quelquefois, M. Meilleur s'enfermait dans sa roulotte pendant des heures et se lamentait : « Mais décide-toi ! Je t'en supplie ! » Un jour, Bap et moi avons jeté un œil par la fenêtre. Il parlait à la photo de Jean-Jeanne qu'il gardait près de son lit. Je croyais qu'il lui demandait de décider si elle était un homme ou une femme, parce que sur la photo, elle portait une jupe d'un côté et un pantalon de l'autre. Elle avait les cheveux courts et une barbe du côté du pantalon, et les cheveux longs du côté de la jupe.

« Ce n'est pas ça, m'a expliqué ma mère. Il y a des années qu'il demande à Jean-Jeanne de l'épouser. Lui ne veut pas répondre oui et elle ne veut pas répondre non.

Nous ne nous moquions jamais des gens de notre cirque. Un jour, nous avons installé Grand-mère Pat dans une tente et avons demandé aux gens de payer un dollar pour la voir, mais ce n'était pas à cause de sa taille. Si nous avions eu ce genre de cirque, Bap et moi aurions probablement dû nous asseoir dans une cage sous un écriteau disant Enfants Drôlement Sérieux. Bap et moi ne faisions pas partie du spectacle, même si nous connaissions beaucoup de tours pour avoir grandi dans un cirque. La troupe des Vaillants Voltigeurs se composait de quelques acrobates, M. et Mme Pouêt, Coco, Bruno l'homme fort et M. Meilleur. Ce dernier faisait des tours de magie en plus d'être imprésario (c'est un mot italien qui est plus impressionnant que maître de piste). Grand-mère Pat vendait des billets, du maïs soufflé et de la barbe à papa. Parfois, un avaleur de feu ou de sabres se joignait à nous. L'été dernier, durant quelques semaines, nous avons eu la famille Lee.

Chaque année, nous suivions le printemps. Nous nous dirigions vers le nord à partir d'une ville du Texas appelée Canadian, où nous passions l'hiver dans un parc de maisons mobiles. Nous traversions l'Oklahoma et le Kansas, le Nebraska, le Dakota du Sud et le Dakota du Nord, puis nous franchissions la frontière canadienne pour notre tournée estivale dans les Prairies (au Manitoba, en Saskatchewan et en Alberta). Chaque semaine, nous nous arrêtions dans une nouvelle ville. M. Meilleur disait que les gens des Prairies, qu'ils soient Canadiens ou Américains, étaient les derniers grands amateurs de cirque. Il disait qu'ils ne savaient même pas comment huer. Puis, à l'automne, nous retraversions la frontière et reprenions le chemin du sud. Mais il y a deux ans, M. Meilleur n'a même pas voulu s'arrêter en route pour donner des représentations. Il a dit que les gens n'étaient plus aussi accueillants. Mes parents pensaient plutôt que M. Meilleur était fatigué. Il faut dire qu'il a maintenant 78 ans.

Nous avions notre propre petite caravane. Ces jours-ci, si vous passez par la ville de Saskatchewan où nous habitons, vous pourrez facilement reconnaître notre maison. C'est la dernière avant les champs de blé, et on peut voir la caravane dans la cour arrière. Elle est couverte d'animaux de plastique, de jouets et de miroirs, ce que Grand-mère Pat appelle des babioles. La plupart viennent des boîtes de maïs soufflé Pélican Rose, mais nous en avons aussi acheté comme souvenirs dans toutes les villes où nous nous sommes arrêtés et les avons collés sur la caravane.

À l'intérieur, il n'y a pas beaucoup d'espace. Quand nous voyagions, Coco se tenait généralement sur le tableau de bord, sous un

assainisseur d'air en forme de conifère suspendu au rétroviseur (nous avions acheté ce truc à cause de l'odeur de Coco). La nuit, elle dormait aussi sur le tableau de bord. Bap et moi partagions une couchette au-dessus de la banquette qui s'ouvrait pour former le lit de mes parents. Nous mangions à une petite table qui se repliait pour qu'on puisse ouvrir le lit. Il y avait aussi une minuscule cuisinière et un réfrigérateur miniature. Nous nous lavions dans le même petit évier où nous lavions la vaisselle (mais pas en même temps!) De temps à autre, nous allions à un terrain de camping et nous payions pour utiliser la douche. Les jours où il faisait chaud, tout le cirque s'arrêtait au bord d'un lac et nous sautions à l'eau pour nous laver.

Les quelques placards de la caravane étaient remplis à craquer, principalement de costumes. Quiconque en ouvrait un devait avertir les autres : « Mesdames et messieurs! La direction n'est pas responsable des blessures causées par une collision avec des objets volants! » Puis, tel un diable à ressort, des chaussures, des perruques et des collerettes plissées jaillissaient du placard.

Notre vie n'était pas si mal, je suppose, sauf quand nous étions sur la route. C'est que, vois-tu, j'ai le mal des transports.

Où sommes-nous?

Tu as peut-être toujours rêvé de faire un voyage en caravane. Tu crois peut-être que ce serait très amusant. Mais tu n'as probablement jamais pensé aux heures interminables sur la route, où il faut demeurer assis à la table, la ceinture de sécurité bouclée. Impossible de dessiner, car la table vibre trop. Ni de jouer aux échecs, parce que les pièces tombent par terre chaque fois que la roulotte passe sur un nid de poule. Si tu es comme moi, tu ne pourrais même pas lire, parce que tu vomirais à coup sûr.

Les Prairies ne sont pas si plates que ça. Il y a de nombreuses configurations de terrain intéressantes à voir, quand on n'a rien d'autre à faire que de regarder par la fenêtre. Sans oublier le fameux ciel des Prairies! Un de nos jeux préférés, à Bap et moi, était « Les nuages du cirque ». Celui qui voyait le plus d'éléphants, de hauts-de-forme et de balles à jongler dans le ciel gagnait. La seule forme qui ne comptait pas était la barbe à papa. Ç'aurait été trop facile.

Notre caravane était toujours la dernière du groupe. Je ne compte même plus les fois où nous nous sommes perdus. Très souvent, nous empruntions la mauvaise route sans nous en apercevoir. Ou alors, la caravane tombait en panne. Ou bien la personne qui consultait la carte routière (mon père ou ma mère) se rendait compte que, jusque-là, elle l'avait tenue à l'envers.

Un jour, nous nous sommes retrouvés derrière une camionnette qui roulait au ralenti. Ses feux de détresse étaient allumés et elle portait un gros écriteau. Pendant une heure, notre pare-brise n'a montré que ces deux mots géants :

CHARGE EXCEPTIONNELLE.

Je ne pouvais rien voir d'autre, et cela me donnait la nausée.

— Klaxonne, Rosie, a dit mon père, qui conduisait.

Ma mère a sorti un klaxon de cycliste de la boîte à gants, a baissé la vitre et appuyé sur la poire de caoutchouc. Mais le bruit n'était pas assez fort.

— Dépasse-la, papa, ai-je supplié. Ça me rend malade de regarder cet écriteau.

— Qu'est-ce qui est écrit? a demandé Bap.

— Charge exceptionnelle, ai-je répondu.

— Qu'est-ce qu'elle a d'exceptionnel? a-t-il demandé.

Il avait raison. Ce n'était qu'une camionnette ordinaire.

— Quand tu la dépasseras, j'avertirai le conducteur que son écriteau est erroné, a dit ma mère.

— C'est très gentil de ta part, Rosie. Vous voyez, les enfants, comme votre mère est attentionnée?

Mon père a vérifié qu'aucune voiture ne venait en sens inverse, puis a appuyé sur l'accélérateur pour dépasser la camionnette pendant que ma mère klaxonnait frénétiquement. Le conducteur nous a vus et a baissé sa vitre.

— Votre écriteau est erroné! a crié ma mère.

— Quoi? a crié le conducteur.

— Votre écriteau! Il est erroné! a-t-elle répété, avant de se tourner vers mon père. Continue, Léo. Il comprendra bien quand il s'arrêtera.

Après avoir dépassé le camion, le chauffeur a klaxonné. Mon père était impressionné.

— Ça, c'est ce qui s'appelle un klaxon!

Bap et moi, bouche bée, nous sommes exclamés :

— Regardez!

Devant nous se trouvait un camion bien plus

gros, qui tirait une remorque portant une maison. Une vraie maison. Jaune avec des moulures bleues. La camionnette klaxonnait toujours derrière nous.

— Il veut que tu le laisses passer, papa, ai-je dit.

Mon père s'est arrêté sur l'accotement. La camionnette nous a dépassés et a rattrapé la remorque. Nous avons regardé la maison s'éloigner et devenir de plus en plus petite. C'était bizarre, un peu comme dans un rêve. Imaginez, une maison qui roule sur une route. Lorsqu'elle est devenue aussi petite qu'une maison de poupée, ma mère a soupiré :

— Ce serait idéal, non? a-t-elle demandé.

Elle pensait probablement à tous ces placards supplémentaires.

Mon père a fait sa suggestion habituelle :

— Si nous sortions nous étirer un peu?

C'est ce que nous faisions toujours quand nous étions perdus. Nous sortions pour nous étirer, et pour attendre que quelqu'un vienne nous chercher.

Ma mère a franchi le fossé et a aplati quelques plants de blé d'hiver.

— Tout le monde est prêt? Touchez vos orteils!

Nous avons tous touché nos orteils, à l'exception de Coco, qui courait après sa queue.

— Bon! Maintenant, touchez les orteils de quelqu'un d'autre!

Personne n'est venu pendant nos étirements. Mon père est donc allé chercher les cartes routières dans la caravane. Nous les avons étalées sur nos genoux.

— Où sommes-nous?

— Au Minnesota, a répondu ma mère, qui avait la carte de cet État.

— Mais non, a dit mon père en brandissant sa carte. C'est écrit Alberta, ici.

— Non, Minnesota! a rétorqué ma mère en montrant sa carte. Tu ne sais pas lire?

Mes parents adorent faire semblant de se disputer.

— Qu'est-ce qui est écrit sur la mienne? a demandé Bap.

— Saskatchewan, lui ai-je dit. Mais nous sommes au Manitoba.

— Regardons si nous pouvons trouver une ville dont le nom nous est familier,

a suggéré mon père.

— Écho, a lu ma mère.

— Rouleau, ai-je lu sur la carte de Bap.

— Pendant d'oreille, a lu papa.

— Calumet.

— Manitou.

— Bienfait.

Ma mère a lu le nom Olga, et nous avons commencé à chercher des villes aux noms de femmes : Luce, Marion, Corinne, Muriel, Patricia. Puis nous avons cherché des noms d'hommes : Francis, Bruno, Benoît, Jonathan, Roland, Arnold, Gilbert. Nous sommes ensuite passés aux noms d'animaux : Caribou, Brochet, Souris, Pélican, Dauphin, Biche, Castor.

Coco a glapi. Elle voulait une ville avec un nom de chien.

— Regardez, a dit mon père. Il y a une ville appelée Fond du Lac et une autre appelée Lac qui Parle!

— Un lac, ça ne parle pas! a protesté Bap.

Nous avons passé le reste de l'après-midi à composer des chansons avec des noms de villes.

« Un *Champion* était en *Mission*,

il cherchait du *Millet*

et aussi du *Cresson*

pour *Irma*, sa chatte *Angora*

qui s'était *Perdue* puis était *Revenue*... »

Bap s'est lassé du jeu et s'est mis à pleurer. C'est à ce moment que la caravane de Bruno l'homme fort est arrivée et s'est garée devant la nôtre. L'image peinte sur sa roulotte montrait Bruno en train de porter la Terre. Le vrai Bruno ressemble exactement à son portrait : tellement musclé que sa tête semble trop petite pour son corps. Quand il s'est extirpé de sa caravane et nous a fait signe de la main, nous avons senti une brise nous balayer. Il a franchi le fossé d'une seule enjambée. Puis les sauterelles se sont mises à sauter tout autour de nous. Pour elles, l'arrivée de Bruno équivalait à un tremblement de terre.

— Bruno! s'est écrié Bap.

Bruno l'a soulevé pour le poser sur son épaule, tel un perroquet.

— Qu'est-il arrivé? nous a-t-il demandé.

— Une chose bizarre, a répondu mon père en repliant les cartes.

— Voulez-vous me suivre? a proposé Bruno, comme si cela ne s'était jamais produit auparavant.

Bap a demandé s'il pouvait monter avec lui.

— Vas-y, lui a dit ma mère.

Mais notre caravane a refusé de démarrer. Elle devait croire qu'elle avait terminé pour la journée! Mes parents ont ouvert le capot et ont grondé le moteur, mais cela n'a rien donné.

Bruno a haussé ses énormes épaules. Il a tendu Bap et ses clés à ma mère, puis s'est placé derrière notre caravane et a commencé à pousser. Même s'il poussait de tout son énorme poids, il était évident que la caravane n'allait pas bouger d'un pouce.

— Bap, ai-je chuchoté. Va l'aider.

Bap a grimpé sur le dos de Bruno et s'est de nouveau juché sur son épaule. Un seul petit coup de son pied a suffi pour déplacer légèrement la caravane. Après, Bruno a réussi à la pousser jusqu'à la prochaine ville, à mains nues, avec juste un petit coup de main de la part de Bap.

Ma mère suivait lentement, au volant de la caravane de Bruno, dont elle avait allumé les feux de détresse.

Solitude

Je parie que tu as beaucoup d'amis. Tu as sûrement des amis dans ta rue ou ta classe. Mais quand on est un enfant du cirque, on n'a pas de rue parce qu'on vit dans une caravane. On n'a pas de classe parce qu'on ne va pas à l'école. On fait des travaux scolaires par *correspondance*. À ce moment-là, j'aurais fait n'importe quoi pour pouvoir m'asseoir dans une classe pleine d'enfants, avec un vrai pupitre et un véritable enseignant. Eh bien, pas n'importe quoi. Je n'aurais probablement pas marché sur la corde raide.

M. Meilleur avait pris des dispositions pour que le ministère de l'Éducation me fasse parvenir des cours. Il avait indiqué dans quelles villes nous serions et à quel moment. En arrivant dans ces villes, je me rendais donc au bureau de poste local où m'attendait une grande enveloppe, adressée à *Nicky H.H. Gravel, poste restante.* Poste restante, au cas où tu ne le saurais pas, c'est l'endroit où on fait envoyer le courrier quand on n'a pas d'adresse proprement dite. On dit simplement son nom à l'employé du bureau de poste et on lui demande si on a du courrier. Tu peux essayer, la prochaine fois que tu partiras en vacances. Tu n'as qu'à t'envoyer une lettre à toi-même avant de partir.

Mais ce que je voulais, encore plus que d'aller à l'école, c'était avoir un ami. J'avais mon frère, bien sûr, mais il était mon frère et avait seulement cinq ans. Je voulais un ami de mon âge, quelqu'un qui m'aimerait pour moi-même et ne me demanderait pas si je pouvais avaler du feu ou si j'avais déjà été scié en deux. Quelqu'un qui ne se désintéraisserait pas de moi, comme beaucoup d'autres l'avaient fait lorsque je leur avais dit que j'étais un jeune comme les autres, qui avait simplement des clowns comme parents.

L'an dernier, quand le cirque se trouvait à Encore, en Saskatchewan, je suis allé en ville chercher mon enveloppe. J'ai pris l'unicycle pour m'y rendre. Quand j'ai emprunté la rue principale, un garçon coiffé d'une casquette de baseball, qui semblait avoir neuf ans lui aussi (j'ai 10 ans, maintenant), s'est mis à rouler à côté de moi sur son vélo.

— Super! s'est-il exclamé. Fais-tu partie des Vaillants Voltigeurs de M. Meilleur?

J'ai hoché la tête sans m'arrêter. Il a continué de rouler à mes côtés. Quand nous sommes arrivés au bureau de poste, il a laissé son vélo près de mon unicycle et m'a suivi à l'intérieur.

— Je m'appelle Colin, a-t-il dit.

— Avez-vous du courrier pour Nicky H.H. Gravel? ai-je demandé à la dame derrière le comptoir.

— Enchanté, Nicky, a dit Colin.

Je n'ai rien répondu. Je ne voulais pas être impoli. L'expérience m'avait simplement appris que Colin voulait être mon ami uniquement parce que je faisais partie du cirque. Quand il m'avait vu arriver en ville, il ne s'était pas dit : « Tiens, un nouveau. Je vais aller lui parler. » Non, il m'avait remarqué parce que j'étais sur l'unicycle. Si j'avais marché pour aller en ville, il ne m'aurait même pas adressé la parole.

La dame m'a tendu l'enveloppe du ministère de l'Éducation. Elle m'a aussi donné deux lettres. Je l'ai remerciée et suis sorti.

— Qu'est-ce que tu vas faire, maintenant? m'a

demandé Colin, qui me suivait partout.

— Je vais lire mes lettres.

J'ai ouvert la première enveloppe.

Cher Nicky,

Je voulais juste t'écrire pour te dire que tu es mon meilleur ami. J'aime jouer aux échecs avec toi, même si tu me bats toujours. J'aime que tu sois meilleur que moi! Tu m'aides toujours à faire mes devoirs. Merci!

Ton meilleur ami pour la vie.

Puis j'ai ouvert la deuxième.

Cher Nicky,

J'ai entendu dire que tu avais obtenu 125 % dans ta dernière dictée. Extraordinaire! Ça veut dire que tu as écrit encore plus de mots qu'il ne fallait! C'est incroyable! Je suis fier d'être ton ami.

Ton deuxième meilleur ami pour la vie.

— Veux-tu faire quelque chose? a demandé Colin.

J'ai replié mes lettres et les ai mises dans ma poche.

— Je dois aller à l'épicerie, ai-je répondu.

Ma mère m'avait dit, juste avant que je parte :
« Nicky! Achète des rollmops! »

— Je vais y aller avec toi, a proposé Colin. Hé!
aimerais-tu signer mon plâtre?

Je n'avais pas remarqué qu'il avait un bras
dans le plâtre. Quand il a relevé sa manche, j'ai vu
tous les noms écrits dessus : *Marie, Ingrid, Joël,
Alice, Daniel, Mme Fréchette.* Un garçon avec
autant d'amis devait être vraiment gentil. En plus,
personne ne m'avait jamais demandé de signer
son plâtre auparavant.

— As-tu un stylo? lui ai-je demandé.

— On va en emprunter un au magasin.

Colin m'a montré où était l'épicerie, quoique
j'aurais facilement pu la trouver tout seul. Encore
est un petit village, mais l'épicerie vendait tout de
même des rollmops. J'avais espéré qu'il n'y en
aurait pas, mais tant pis! J'en ai acheté quatre
bocaux, et Colin n'a fait aucun commentaire. Il a
emprunté un stylo à la caissière et j'ai signé *Nicky
H.H. Gravel* sur son plâtre. Comme il n'a pas posé
de questions au sujet des lettres H.H., je l'ai trouvé
encore plus sympathique. Puis il a dit quelque
chose qui m'a presque fait pleurer de bonheur.

— Veux-tu venir chez moi?

Les enfants que j'avais rencontrés jusqu'ici sur
la route voulaient toujours voir où vivaient les gens

du cirque. Ils n'avaient jamais imaginé que j'aurais aimé voir l'intérieur d'une maison ordinaire.

— Il faut que je rapporte ces provisions, ai-je dit. On pourrait aller chez toi après.

— D'accord, a répondu Colin.

Nous sommes partis ensemble, comme deux copains.

— Tu pourrais peut-être souper chez moi, a-t-il ajouté une minute plus tard.

— Vraiment?

— Oui, je vais demander à ma mère.

Je me suis demandé ce qu'ils mangeraient pour souper. J'aurais bien aimé des carottes. Ou des haricots verts. Peut-être qu'après le souper, nous pourrions faire nos devoirs ensemble!

— Peux-tu faire des dérapages avec ton unicycle? a-t-il demandé.

— Non.

— Regarde ça!

Il a pédalé comme un fou, puis a freiné brusquement. Nous avons mesuré la trace de freinage dans la poussière. Elle mesurait presque deux mètres!

— Est-ce que je peux essayer ton unicycle? m'a demandé Colin.

— Bien sûr.

— Tu peux prendre mon vélo.

— Non, ça va, ai-je répondu.

J'ai un aveu à te faire. Je t'en prie, ne raconte ça à personne.

Je ne sais pas monter à bicyclette.

Voilà. Maintenant, tu le sais. J'étais trop gêné pour le dire à Colin. Comment s'y prend-on avec deux roues au lieu d'une seule? Ça doit être *deux fois* plus difficile.

Le grand chapiteau était érigé juste à l'extérieur du village, dans le champ d'un fermier. Les caravanes étaient placées en cercle à l'arrière. Personne n'était là à notre arrivée. Tout le monde était en réunion avec M. Meilleur pour parler du spectacle de ce soir-là. Colin n'en croyait pas ses

yeux en apercevant notre caravane.

— Où avez-vous pris tous ces trucs? a-t-il demandé en parlant des babioles.

— Dans des boîtes de maïs soufflé Pélican Rose, pour la plupart. Je vais laisser un mot à mes parents pour qu'ils sachent où je suis.

J'ai porté les harengs et mon courrier à l'intérieur.

— Moi, j'ai des astronautes de plastique, m'a dit Colin quand je suis ressorti. Si je te les donnais, les collerais-tu sur ta caravane?

— Pourquoi pas? Allons-y!

Mais d'abord, il voulait essayer l'unicycle. Il a réussi à s'asseoir sur le siège en s'agrippant à la caravane. Puis il a commencé à rouler doucement en se retenant aux babioles.

— As-tu une chambre à toi? ai-je demandé en marchant à ses côtés.

— Oui.

— Vraiment?

— Mais oui. Comme tout le monde, non?

Je n'ai rien répondu.

— Est-ce qu'il y a une baignoire dans ta maison?

— Bien sûr! a-t-il dit en riant.

Après l'avoir accompagné tout autour de la caravane, je lui ai demandé si nous pouvions partir.

— Ta maison a l'air formidable, ai-je dit.

Puis j'ai entendu pleurer – c'était mon frère, évidemment. Un instant après, j'ai entendu mon père s'esclaffer et ma mère pousser des petits cris. Les Vaillants Voltigeurs quittaient la caravane de M. Meilleur et se dirigeaient vers leur propre roulotte pour souper avant le spectacle. Colin a écarquillé les yeux en voyant les acrobates, Mimi et Claude, s'approcher en faisant la roue. Bruno l'homme fort a donné une petite poussée à Grand-mère Pat pour l'aider à franchir sa porte.

— Il est grand temps de huiler le cadre de porte! a-t-elle lancé.

Coco courait d'une personne à l'autre en glapissant. Puis elle a bondi dans les airs et exécuté un saut périlleux arrière.

— De la visite! se sont écriés mes parents en voyant Colin. Un ami! Un ami pour Nicky! Il a toujours voulu un ami!

— Je vais manger chez lui, ai-je annoncé.

— Oh! mangez donc ici! Nous aimerions connaître... euh... comment t'appelles-tu? ont-ils demandé.

— Colin.

— Salut, Colin! a dit mon père en lui tendant la main.

— Ne fais pas ça! me suis-je écrié.

Colin l'a fait. *BIZZZ!*

Il est tombé de l'unicycle.

Mon père l'a ramassé et l'a lancé dans les airs. Heureusement, il l'a rattrapé quand il est redescendu. Parfois, il est distrait et laisse Bap retomber par terre.

Pour le moment, Bap pleurait et se plaignait d'avoir mal au ventre. Maman l'a transporté dans la caravane. Mon père a transporté Colin.

— On va manger chez Colin, ai-je répété.

Mon père a déposé Colin sur la table et a mis ses mains derrière son dos.

— Choisis une main, Colin. N'importe laquelle.

Colin a choisi une main. Mon père lui a donné deux billets pour le cirque.

— Il y a combien de personnes dans ta famille, Colin?

— Trois.

Mon père lui a donné les deux billets qui étaient dans son autre main.

— Invite un ami, a-t-il dit.

Moi, je suis son ami! aurais-je voulu dire. Mais je ne voulais pas aller au cirque. J'avais vu le spectacle 613 fois.

Ma mère s'est mise à préparer le souper sur notre petite cuisinière, Bap accroché à son dos comme un singe. Plus il pleurait, plus elle riait.

— On mange des bons hamburgers à l'envers! a-t-elle annoncé.

— Qu'est-ce que c'est, un hamburger à l'envers? m'a demandé Colin.

— Ce n'est pas très bon, ai-je répondu. On ferait mieux de manger chez toi.

Mon père a commencé à mettre la table. Quand Colin a vu le bol de guimauves et les boîtes de maïs soufflé Pélican Rose, il s'est assis.

— Vous restez? Tant mieux, a dit mon père en jonglant avec les assiettes. Mais il faut que je t'avertisse, Colin : ici, nous ne mangeons pas de légumes.

Colin a souri :

— Parfait!

Un hamburger à l'envers, au cas où tu ne le saurais pas, c'est deux galettes de viande avec un pain au milieu. Nous en mangeons tous les jeudis pour le souper, avec des guimauves et du maïs soufflé pour dessert. Après le repas, nous sortons fixer nos babioles sur la caravane avec de la super-colle.

— Tu as l'air d'avoir un bon sens de l'humour, Colin, a dit mon père pendant le repas. Regarde Nicky. C'est un enfant drôlement sérieux. Comme son frère Bap, qui pleure toujours.

— Il a souvent mal au ventre, a expliqué ma mère en riant.

— Nous les adorons, bien sûr. Mais ils ne sont certainement pas de bons candidats pour le cirque.

— Peut être que Nicky n'est pas notre vrai fils, a dit ma mère.

— Ha, ha, ai-je dit.

— Bien sûr qu'il est notre fils, a dit mon père à ma mère. Il a ton nez.

Ma mère a tapoté son visage.

— Nicky! Tu as mon nez? Redonne-le-moi immédiatement! J'en ai besoin pour ce soir!

J'aurais voulu me cacher sous la table, mais Colin riait à gorge déployée.

— Oh, mortadelle! s'est écriée ma mère. Avez-vous vu l'heure?

Nous nous sommes dépêchés de coller nos babioles sur la caravane. J'avais un harmonica miniature, et Colin, une paire de dés. Bap avait un serpent de caoutchouc, ma mère, des dents de plastique, et mon père, une bague à diamant. Ensuite, mes parents ont commencé à se maquiller.

— Viens-tu voir le spectacle, Colin? a demandé mon père.

Bien sûr que Colin venait. Il avait des billets gratuits. Il est monté sur son vélo et est parti l'annoncer à ses parents.

— Je te retrouverai là-bas, Nicky! a-t-il crié.

Mais je ne suis pas allé voir le spectacle ce soir-là. Je suis resté dans la caravane avec Bap.

— Es-tu triste, Nicky? a demandé mon petit frère.

— Non, ça va, ai-je répondu.

Ce n'est pas facile d'avoir des parents comiques. Ils volent toujours la vedette, même quand il n'y a pas de spectacle. Quant à Colin, nous allions partir dans quelques jours de toute façon, et je ne le reverrais plus jamais. C'était juste un bon ami de plus que je ne me serais pas fait.

Au moins, j'avais Blague à part. Nous nous sommes blottis sur notre banquette. Je lui ai lu des mots difficiles dans le dictionnaire, et nous nous sommes amusés à découvrir leur signification.

Rollmops

S'amuser. Mes parents ne vivaient que pour ça. Et pour faire rire les autres. Je ne dis pas que ce sont de mauvais parents. Bap et moi les aimons beaucoup. Tu éprouves sans doute la même chose pour tes parents. Peut-être que tu les aimes, tout en souhaitant qu'ils soient différents par moments.

Comme mes parents ne vivaient que pour s'amuser, nous ne mangions que de la nourriture amusante. Il y a probablement des règlements sur la nourriture chez toi. Tes parents ne te laissent sûrement pas manger des bonbons avant d'avoir consommé un repas nutritif. Je parie que tu bois du lait aux repas, parce que les boissons gazeuses sont une gâterie réservée aux occasions spéciales. Pour nous, c'était le contraire. Nous buvions des boissons gazeuses aux repas, alors que le lait était une gâterie. Notre alimentation se composait principalement de guimauves, de maïs soufflé, de bonbons, de biscuits, de hamburgers (à l'envers), de frites, de hot-dogs et de pizza. La pizza était au pepperoni, avec le srondelles disposées pour former un visage de clown.

Ce sont tes mets favoris, n'est-ce pas? Tu dois sûrement te demander de quoi il se plaint, ce Nicky H.H. Gravel. Mais réfléchis un peu. Est-ce qu'ils seraient tout de même tes plats favoris si tu devais en manger *chaque jour de ta vie?*

Nous n'avions le droit de manger que des céréales colorées aux formes rigolotes, comme des anneaux, des cœurs ou des trèfles à quatre feuilles. Et seulement s'il y avait un prix dans la boîte ou un concours auquel nous pouvions participer. Nous ne mangions jamais de céréales au déjeuner. Oh non! Cela n'aurait pas été amusant! Le vendredi soir était le soir des céréales. Pour le déjeuner, nous mangions des rollmops.

Sais-tu ce que c'est? Non? Tu ne connais pas ta chance! Quand tu te coucheras ce soir et que tu penseras à toutes les bonnes choses qu'il y a dans ta vie, ajoute à cette liste le fait que tu n'as jamais goûté, ni même entendu parler, de rollmops.

Leur odeur est horrible. Aussitôt que ma mère ouvrait le bocal le matin, notre petite caravane était envahie par un fumet de poisson. Bap et moi avions des haut-le-cœur et nous précipitions à la fenêtre pour une bouffée d'air frais, pendant que nos parents enfouissaient leur nez dans le bocal. Puis ma mère répartissait le contenu entre nous quatre.

— Quel aliment idéal, disait-elle toujours.

Comme les rollmops sont maintenus par un cure-dent, on n'a pas besoin d'assiettes, de cuillères, de couteaux ni de fourchettes pour les manger. Ma mère en prenait un et le tendait à Bap, qui se mettait à pleurer.

— Mange! disait-elle. Mange si tu veux grandir et devenir un clown.

Quand j'étais petit, je la croyais. J'avalais mes rollmops, puis j'attendais de me sentir comique. Mais comme ça ne m'arrivait jamais, j'ai commencé à avoir des doutes. Un jour, je suis allé voir M. Meilleur, car je savais qu'il me répondrait franchement.

Il a ouvert sa porte et s'est incliné pour m'inviter à entrer.

— Assieds-toi, Nicky.

Son lapin, Sir Wilfrid, était déjà sur la chaise.

— Enlève-toi, Sir Wilfrid, a dit M. Meilleur. Je te le demande avec le plus grand respect. Nous avons un invité.

Le lapin a avancé une oreille pour la laver avec sa patte. En soupirant, M. Meilleur a mis son haut-de-forme, puis a commencé à chercher sa baguette dans la roulotte. Si Sir Wilfrid avait été ton lapin, tu l'aurais simplement enlevé de la chaise, n'est-ce pas? Moi aussi, mais les gens du cirque saisissent toutes les occasions de s'exercer.

Pendant que M. Meilleur fouillait la roulotte, j'ai regardé les photos sur les murs : l'ours au tutu, la tête de M. Meilleur émergeant d'une montagne de lapins blancs (de lointains cousins de Sir Wilfrid) et le Grand Carlos, qui avait enseigné tous ses tours à M. Meilleur. La photo de Jean-Jeanne, furieux et souriante, se trouvait à la place d'honneur sur la table de chevet, une rose rouge en plastique fichée dans le cadre.

— Ah! la voilà!

La baguette de M. Meilleur était avec sa brosse à dents, dans un verre près de l'évier. Il l'a brandie en direction de la chaise et Sir Wilfrid a disparu. J'ai tout de même tâté la chaise avant de m'asseoir, juste au cas.

— Bon, a dit M. Meilleur en s'assoyant en face de moi. Qu'est-ce que je peux faire pour toi, Nicky?

— J'ai une question. J'aimerais une réponse franche.

— Ça a l'air sérieux. Est-ce que ça te dérange si je fume?

— Ne fumez pas, M. Meilleur. Ce n'est pas bon pour vous.

— Tu es très très sage pour ton âge, mon garçon, a-t-il dit en sortant un cigare de sa poche. Ne t'en fais pas, c'est un cigare sans tabac.

Il a reniflé le cigare pour s'assurer que mon père ne l'avait pas remplacé pour lui faire une blague.

— Les cigares de ton père sont plus dangereux, Nicky, a-t-il dit en gloussant. Ils explosent!

Il a brisé le bout avec ses dents, puis m'a tendu la main en me demandant de tirer un de ses doigts.

— Non.

— Allez!

— Non.

— Ne t'inquiète pas. Je ne suis pas M. Pouêt. Tire donc!

J'ai tiré un de ses doigts. Quand je l'ai lâché, le bout s'est enflammé. Je n'en croyais pas mes yeux! M. Meilleur a allumé le cigare avec son doigt et a toussoté.

— M. Meilleur! Je n'avais jamais vu ce tour!

— Je m'exerce depuis 40 ans. D'habitude, c'est un autre objet qui s'enflamme. Cette fois, j'ai enfin réussi! Bon. Quelle est ta question? a-t-il demandé en soufflant sur son doigt pour l'éteindre.

— Est-ce que c'est vrai... ai-je commencé.

— Sir Wilfrid! a grondé M. Meilleur. Tu dépasses les bornes!

Il a soulevé son chapeau de sa tête, et des petites boulettes brunes se sont éparpillées sur la table.

— Quelle honte, a-t-il marmonné en s'époussetant les épaules. Bon. Recommence. Je ne t'interromprai plus, c'est promis.

Il m'a regardé d'un air sérieux, Sir Wilfrid assis sur sa tête.

— Est-ce que c'est vrai qu'en mangeant des rollmops pour déjeuner, je deviendrai un clown?

Il a fumé son cigare d'un air pensif. Le nez de Sir Wilfrid remuait.

— Il y a différentes façons de devenir un clown, Nicky, a-t-il finalement répondu, des bouffées de fumée ponctuant ses paroles. Celle-là en est une, assurément. Le fait de manger des rollmops chaque matin te garantira un sens de l'humour pour le reste de ta vie.

— Mais je ne veux pas devenir un clown.

— Ah non? a dit M. Meilleur en clignant des yeux.

— Non.

— Qu'est-ce que tu veux devenir, alors?

— Un comptable.

Ses yeux se sont remplis de larmes, mais c'était peut-être à cause de la fumée qui envahissait la caravane.

— Un comptable. Voilà une chose dont un cirque a grand besoin, mais personne n'y pense jamais. Tu es un bon garçon, Nicky.

Il m'a tapoté la tête.

Plus tard, j'ai trouvé une pièce de 25 cents collée à mes cheveux. J'ai dû la détacher avec des ciseaux.

Revenons à nos rollmops.

Je me bouchais le nez quand ma mère me tendait le mien. Puis je fermais les yeux, car je ne voulais pas le voir entrer dans ma bouche. Je m'étais aperçu que c'était moins pire si je le faisais glisser du cure-dent d'un seul coup, en le mâchant le moins possible pour ne pas trop le goûter. Pauvre Bap. Sa bouche était trop petite. Il devait le manger en deux ou trois bouchées. Il pleurait jusqu'à ce qu'il ait réussi à tout avaler. Bien entendu, Coco, elle, adorait les rollmops. Elle voulait même manger le cure-dent, mais nous l'en empêchions.

Même si j'essayais de ne pas regarder mon rollmops, je vais te le décrire pour que tu me comprennes. C'est un poisson! Un poisson argenté brillant, avec la peau. Au moins, la tête a

été enlevée à l'usine de traitement des rollmops. Le poisson est enroulé autour d'un cornichon et transpercé par un cure-dent, afin qu'il ne puisse pas s'échapper et se mettre à nager dans le bocal.

Ne te donne pas la peine d'en chercher à l'épicerie, car tu es sûr d'en trouver.

Il y en a toujours.

Taille 44

Si M. Meilleur avait les larmes aux yeux en apprenant que je voulais devenir comptable, c'était à cause de la fumée, bien sûr, mais aussi parce que le cirque avait toujours eu des difficultés financières. Il n'y avait jamais assez d'argent pour entretenir le chapiteau et l'équipement, ni pour payer les artistes à temps. Le pire, c'est que lorsque M. Meilleur finissait par distribuer les salaires en retard, les employés partaient aussitôt dépenser tout leur argent. Ils ne savaient pas comment dresser un budget. La situation était encore pire pour mes parents, qui avaient deux enfants à nourrir, à habiller et à éduquer. Ce n'est pas qu'ils prenaient leurs responsabilités très au sérieux. Ils ne prenaient rien au sérieux. Heureusement pour nous, le cirque était comme une grande famille. Tout le monde participait à notre éducation.

Comme je l'ai expliqué, M. Meilleur s'occupait

de mes études. Bap était encore trop jeune. Grand-mère Pat était chargée de nous habiller, parce qu'elle se rendait toujours à la

friperie quand il y en avait une en ville. Elle magasinait dans les friperies parce qu'elle devait porter deux robes de taille 22 en même temps. Une seule robe ne suffisait pas. Elle retirait une manche de chaque robe, décousait un côté des deux robes, puis cousait celles-ci ensemble pour en faire une taille 44.

$$22 + 22 = 44$$

Parfois, Mimi aidait Grand-mère Pat. Mimi et son mari, Claude, étaient nos acrobates l'an dernier. Ils venaient de Montréal. Mimi conseillait Grand-mère Pat, lui disant quoi ajouter à chaque robe pour en faire un vêtement haute couture. Elle dessinait des croquis à l'arrière d'un sac de maïs soufflé, puis Grand-mère Pat ajoutait des plumes, des perles et des volants à sa robe. Lorsqu'elle se voyait vêtue de sa dernière création, elle éclatait de rire et disait :

— C'est peut-être de la *haute* couture, mais c'est *large* aussi!

C'est difficile pour un corps d'être aussi gros. C'est ce qu'a dit Grand-mère Pat quand elle s'est fait mal au dos en juin dernier. Elle aidait à monter le grand chapiteau, dans la ville de Halo, en Saskatchewan, quand nous avons entendu un gros *CRAC*. Nous avons cru que la foudre venait de frapper le mât.

— Mon dos vient de lâcher! a dit Grand-mère.

Le seul remède était de garder le lit.

Le cœur de Grand-mère Pat était aussi très fatigué. Il risquait de lâcher à tout moment. Tout le monde reconnaissait qu'elle n'aurait pas dû participer aux gros travaux. Le problème, c'est qu'elle détestait se sentir inutile. Couchée dans son lit, elle n'arrêtait pas de se lamenter :

— Qui va vendre les billets, maintenant?

Mes parents m'ont demandé d'occuper Grand-mère Pat pendant sa convalescence. Je suis donc allé en ville lui acheter un journal. J'ai pris le journal local, qui contenait surtout des potins et des nouvelles agricoles. J'avais peur que le journal de la grande ville ne l'agite encore plus, puisqu'il était sûrement plein d'événements horribles devant lesquels elle se serait sentie impuissante.

Pendant que je payais, le marchand m'a dit :

— Tu fais partie du cirque, n'est-ce pas? N'oubliez pas de donner un billet à M. Timothée.

Je me suis dit que M. Timothée devait être le fermier qui nous prêtait son champ. Nous donnions toujours des billets aux fermiers en échange de leur hospitalité. J'en ai informé le marchand.

— Tant mieux, car Timothée a bien besoin de rire un peu. Il a eu sa part de malchance. L'an dernier, sa rate l'a lâché. Ensuite, il a été frappé par la sécheresse, comme tout le monde. Il a décidé d'abandonner la culture des céréales pour élever des poulets, mais son incubateur vient de se briser.

Un incubateur, au cas où tu ne le saurais pas, c'est une machine qui garde les œufs au chaud jusqu'à ce qu'ils éclosent.

Un étalage d'œufs de Pâques ukrainiens en bois se trouvait à côté de la caisse enregistreuse. J'en ai acheté un comme souvenir, pour le coller sur la roulotte. Sur le chemin du retour, j'ai cueilli des fleurs sauvages pour Grand-mère Pat.

— Comme tu es gentil, Nicky, a-t-elle dit. Mets-les dans l'eau et place-les là, pour que je puisse les voir.

— Je t'ai aussi apporté un journal.

— Tu es un bon garçon. Viens t'asseoir et bavarder une minute.

Je me suis assis et l'ai éventée avec le journal. Je lui ai montré l'œuf de bois peint. Puis je lui ai demandé :

— Où est ta rate, Grand-mère Pat?

— Quelque part là-dedans, a-t-elle répondu en secouant son ventre. Et où est la tienne?

— Au même endroit, je suppose. À quoi ça sert?

— C'est comme les amygdales. Et l'appendice. Ça ne sert à rien, comme Grand-mère Pat quand son dos lui fait mal et qu'elle doit rester étendue comme une baleine échouée! Qui va vendre le maïs soufflé, maintenant?

Pour la distraire, je lui ai parlé des problèmes du fermier : sa rate, la sécheresse, l'incubateur. Je lui ai raconté toute l'histoire.

— Le pauvre homme, a dit Grand-mère Pat. Certaines personnes sont plus malchanceuses que d'autres.

Après un moment, je l'ai laissée avec le journal pour aller coller l'œuf sur notre caravane. Avant même d'avoir terminé, je l'ai entendue crier :

— Nicky! Nicky!

Je suis revenu en courant à sa caravane.

Elle m'a dit en brandissant le journal :

— Il est écrit ici que le fabricant de l'incubateur ne pourra pas envoyer la nouvelle pièce avant 10 jours! D'ici là, les poussins seront morts! Il y en a des centaines!

Je lui ai jeté un regard anxieux. Elle était très agitée. Et si son cœur lâchait? Comme la rate de

M. Timothée. Et comme
son dos. Les parties de
notre corps peuvent-
elles nous abandonner
l'une après l'autre,
disparaître soudain
comme des lapins
blancs?

    — Je t'en prie, calme-toi,
Grand-mère Pat, l'ai-je supplié.

    — Je me sens tellement inutile!
a-t-elle gémi.

J'ai voulu reprendre le journal, au cas où il y
aurait d'autres mauvaises nouvelles. Je lui ai dit
que je voulais en faire un chapeau pour Bap.
Avant de me le redonner, elle m'a montré le gros
titre :

La fin des poussins,
selon le fermier

    — C'est une tragédie, a dit Grand-mère Pat.

Grand-mère Pat était tendre. Tendre de cœur et
de corps. Toute ma vie, elle s'était occupée de moi
pendant que mes parents travaillaient. Je m'étais
souvent niché sous son bras dodu, aussi chaud et
douillet que l'aile d'une mère oiseau. Je me suis
rappelé cette sensation. Ça m'a donné une idée :

— Grand-mère Pat? Je pense qu'on peut sauver ces poussins.

Je lui ai expliqué mon plan et elle m'a envoyé parler à M. Timothée. J'ai emmené Bap avec moi. Nous avons traversé le champ poussiéreux. Le ciel était comme un grand chapiteau bleu clair, étendu au-dessus de la province. Il n'y avait pas un seul nuage à l'horizon.

À la ferme, l'homme qui nous a ouvert la porte avait le visage le plus triste que j'avais jamais vu.

— Oui?

— Nous faisons partie du cirque, ai-je expliqué. Nous avons entendu parler de votre problème et nous voulons vous aider.

L'homme a secoué la tête.

— La nouvelle pièce de remplacement ne sera pas ici avant 10 jours. Ces poussins ne survivront pas une autre nuit au froid.

— Venez voir Grand-mère Pat, a dit Bap.

— Elle serait heureuse de garder vos œufs au chaud, ai-je ajouté.

M. Timothée est venu avec nous. Je voyais bien qu'il ne croyait pas à notre plan... jusqu'à ce qu'il aperçoive Grand-mère Pat dans son grand lit et voie de ses propres yeux tous ses replis de chair bien chaude.

— Vous pouvez placer vos œufs tout autour de

moi. J'ai sept mentons où on peut en caser une douzaine.

— Je veux bien essayer, a-t-il dit. Mais si vous les écrasiez en vous retournant?

— Je ne peux pas bouger, lui a-t-elle répondu. Mon dos m'a lâchée.

Bap et moi avons été chercher nos oreillers dans notre caravane. Ensuite, nous avons aidé M. Timothée à transférer les casiers d'œufs dans son camion, en les transportant sur les oreillers, au cas où nous les aurions échappés. Nous sommes revenus à la roulotte de Grand-mère Pat et M. Timothée a disposé les œufs tout autour d'elle. Tous les membres du cirque étaient au courant et étaient venus observer cette opération délicate par la fenêtre de la roulotte. Une fois tous les œufs installés, M. Timothée a déclaré que personne ne croirait ce qu'il venait de faire. C'est alors que j'ai eu ma deuxième idée.

— Que dirais-tu si on vendait des billets, Grand-mère Pat?

Nous avons dû enlever le toit de sa caravane, mais nous l'avions déjà fait auparavant, la fois où elle était restée coincée à l'intérieur. Bruce l'homme fort a soulevé le lit presque à lui seul.

— Attention! Ne m'échappe pas, car les œufs se casseraient! a crié Grand-mère Pat.

Nous avons placé le lit sous le petit chapiteau et fixé le prix d'entrée à un dollar. M. Meilleur a téléphoné au journal pour annoncer cette attraction spéciale. Les gens sont venus de tous les environs, surtout des fermiers, toujours intéressés par les nouvelles techniques agricoles. Les fermiers sont des gens très patients. C'est probablement ce qui arrive quand on dépend de la météo pour son gagne-pain. Il y avait des mois qu'ils attendaient la pluie. Alors, ils se sont assis sur des chaises et ont attendu pendant des jours que les œufs éclosent. Bientôt, il y avait tellement de

spectateurs que nous avons dû déplacer Grand-mère Pat sous le grand chapiteau durant la journée, quand il n'y avait pas de spectacle. Nous avons vendu des montagnes de maïs soufflé et des nuées de barbe à papa.

M. Meilleur m'a pris à part.

— Nicky, tu te rends compte que les Vaillants Voltigeurs auraient été fauchés à la fin de l'été si nous n'avions pas ajouté cette attraction? Je tiens à te remercier.

— Ne me remerciez pas. Remerciez taille 44.

— Je sens un chatouillement derrière mon oreille gauche, a annoncé Grand-mère Pat le cinquième jour. Je crois qu'un petit poussin essaie d'ouvrir ses ailes.

La nouvelle s'est vite répandue que les œufs avaient commencé à éclore. Les gradins se sont remplis de spectateurs enthousiastes. Grand-mère Pat éclatait de rire chaque fois qu'une petite boule jaune sortait de sa coquille.

— C'est comme du maïs soufflé! s'exclamait-elle. Oh! arrêtez! Ça chatouille!

Bientôt, la montagne de chair de Grand-mère Pat est devenue grouillante de poussins. Quand Bruno l'a tirée par les bras pour la faire asseoir, les poussins se sont éparpillés, mais sont vite revenus auprès d'elle. Ils ne voulaient pas s'éloigner de son corps douillet. Grand-mère Pat était devenue leur maman.

Grand-mère Pat a levé les bras pour faire taire la foule. Elle s'est lentement penchée en avant, puis s'est redressée, vérifiant l'état de son dos.

— Tout va bien, a-t-elle déclaré. Je vais mieux, maintenant. J'avais seulement besoin d'un peu de repos!

Prisonniers

La nuit dernière, j'ai lu à Bap ce que j'avais écrit jusque-là. Il préfère le dernier chapitre, mais celui qui parle de Colin est trop triste, d'après lui.

— Pourquoi est-ce que je pleure tout le temps? a-t-il demandé.

— Parce que tu pleurais tout le temps, ai-je répondu.

— Mais pourquoi?

— Parce que tu avais mal au ventre. Tu ne t'en souviens pas?

— Non, a dit mon frère. Tu ne racontes pas la fois où papa et maman ont été en prison?

— J'y arrivais, justement.

Après l'éclosion des poussins, nous sommes demeurés à Halo une semaine de plus. Les poussins n'étaient pas prêts à quitter Grand-mère Pat. Ils la suivaient partout où elle allait, comme une traîne jaune duveteuse attachée à sa robe de

taille 44. Mimi applaudissait chaque fois qu'elle les voyait passer :

— Oh là là! C'est la plus jolie robe que j'aie jamais vue!

Ce qui veut dire que c'était de la haute couture! Les poussins devaient encore dormir dans la chaleur de Grand-mère Pat durant la nuit. Lorsque la pièce de l'incubateur est arrivée, M. Timothée est venu chercher ses poussins et nous avons pu reprendre la route.

Pendant la semaine qui a précédé notre départ, mes parents ont décidé d'aller au restaurant pour célébrer leur onzième anniversaire de mariage. Comme ma mère passait la moitié de son temps déguisée en Mme Pouêt, elle trouvait toujours que son véritable visage avait l'air trop pâle.

— Comment est mon rouge à lèvres? a-t-elle demandé à mon père.

— Il est très rouge. C'est la bonne couleur, non? a-t-il répondu.

— J'aime ces jolies canettes, a déclaré ma mère.

Elle utilisait toujours des canettes de boisson gazeuse en guise de rouleaux pour friser ses cheveux en grosses boucles.

— Je crois que je vais les porter pour sortir, a-t-elle ajouté. Qu'en penses-tu, Léo?

— Tu as toujours l'air comique à mes yeux, Rosie.

Une fois prêts à partir, ils nous ont embrassés.

— Les garçons, j'espère que vous ferez des bêtises pendant notre absence!

Bap s'est mis à pleurer.

Il faut que je te dise que nous ne faisons jamais de bêtises. Nous n'avons jamais brisé d'assiette ou renversé de jus. Nous n'avons jamais oublié de tirer la chasse d'eau de la toilette ni de nous laver les mains. Nous n'avons jamais fait de crise de colère, été insolents avec nos parents ou lu sous les couvertures après que les lumières ont été éteintes. Nous n'avons jamais fouillé dans les poches de nos parents pour dérober des pièces de monnaie. (Nous n'en aurions pas trouvé, de toute façon.) Nous ne connaissons même pas de gros mots.

— Vous ne pouvez pas emmener Coco, leur ai-je dit.

— Quoi?

— Les chiens sont interdits dans les restaurants.

— Pourquoi donc? ont-ils demandé.

— Ce n'est pas hygiénique.

(Hygiénique veut dire propre, au cas où tu ne le saurais pas.)

— Coco est hygiénique! se sont-ils écriés.

— Qu'est-ce que ça veut dire, hygiénique? a ajouté mon père.

— Je ne sais pas, mais c'est scandaleux d'insinuer qu'elle ne l'est pas! lui a crié maman.

— Je n'ai rien insinué de tel! a rétorqué papa.

— Menteur!

Ils ont commencé à se donner des coups, mais en douceur. Ils faisaient seulement semblant de se disputer.

Finalement, Bap et moi avons dû enfermer Coco dans la caravane avec nous. Elle jappait et grattait la porte pour sortir.

— Bonne soirée! ai-je dit à mes parents en leur donnant deux boîtes de Pélican Rose enveloppées dans du papier journal.

Bap a cessé de pleurer peu de temps après leur départ, mais a recommencé plus tard, alors qu'ils étaient partis depuis un bon moment.

— Ça ne fait pas si longtemps que ça, lui ai-je dit.

Il nous arrivait souvent de rester seuls dans la caravane pendant que nos parents donnaient une représentation. Grand-mère Pat venait jeter un coup d'œil de temps à autre. Mais ce soir-là, Bap était nerveux parce qu'il savait que nos parents n'étaient pas près de nous, sous le grand chapiteau.

J'ai essayé de lui montrer à jouer aux échecs, mais il n'arrivait pas à se rappeler comment déplacer les pièces. Tout ce qu'il voulait, c'était faire une course de chevaux avec les cavaliers. Plusieurs heures ont passé, mais nos parents ne revenaient toujours pas. Où pouvaient-ils être? J'ai couché Bap et lui ai lu quelques pages du dictionnaire jusqu'à ce qu'il s'endorme. En prenant soin de ne pas laisser Coco s'échapper, je me suis faufilé dehors pour aller demander conseil à M. Meilleur.

J'ai frappé à la porte de sa caravane, mais il n'y avait pas de réponse. Comme la lumière était allumée, j'ai regardé par la fenêtre. J'ai vu M. Meilleur affalé sur une chaise, étreignant la photo de Jean-Jeanne. Sir Wilfrid était assis sur ses genoux et léchait les larmes qui coulaient sur sa figure.

— Jean-Jeanne? Jean-Jeanne? Pourquoi me fais-tu attendre?

Pauvre M. Meilleur.
Il voulait seulement être
heureux, comme mes parents.

Il n'y avait rien d'autre à
faire que de laisser
sortir Coco.

Vingt minutes
plus tard, elle est
revenue en jappant
à tue-tête.

— Chut! ai-je fait.
Tu vas réveiller tout le monde.

J'ai écrit un message que j'ai collé sur la porte
de notre caravane : *Parti porter secours.* Tu ne dois
jamais quitter la maison sans dire à un adulte où tu
vas. Et si tu as un petit frère qui ne sait pas lire, tu
dois lui faire un dessin. Je me suis dessiné en train
de me promener avec Coco et j'ai laissé ce dessin
sur la table au cas où Bap se réveillerait.

Coco s'est mise à courir. Je savais que mes
parents étaient dans un grave pétrin rien qu'à voir
Coco décrire des cercles autour de moi en jappant
et en mordillant mes talons pour me faire hâter le
pas. En arrivant à la rue principale, elle est partie
en courant devant moi.

Tu sais déjà où étaient mes parents, puisque
Bap te l'a dit. Tu ne seras donc pas surpris. Mais

moi, laisse-moi te dire que je l'étais quand j'ai compris que Coco m'emmenait au poste de police! Elle a monté les marches de pierre en courant et s'est mise à glapir pour qu'on lui ouvre. Jusque-là, je m'étais inquiété pour mes parents. Mais à partir de ce moment, j'ai eu vraiment peur. Ma mère et mon père sont innocents et naïfs comme des enfants. Je me sentais responsable d'eux. Si quelque chose leur était arrivé, je ne me le pardonnerais jamais.

Coco a tiré sur mon pantalon. J'ai ouvert la porte et elle s'est précipitée à l'intérieur.

— Hé! Les chiens sont interdits ici!

Un policier à l'air grognon s'est levé de derrière son bureau. Nous avons dû poursuivre Coco partout dans la pièce pendant quelques minutes avant de parvenir à l'attraper. Malheureusement, elle a mordu le policier.

— Hé! m'a-t-il crié. Je pourrais te donner une amende pour ça!

Il a jeté Coco dehors, puis a disparu dans un couloir. Maintenant qu'il n'y avait plus d'aboiements, je pouvais entendre des rires et des acclamations derrière une porte percée d'une fenêtre à barreaux. On aurait dit une fête. Le policier est revenu avec un pansement autour de son doigt blessé.

— Qu'est-ce que tu veux? m'a-t-il demandé.

— Je pense que mes parents sont ici.

— Oh! ces deux clowns? Sors-les vite d'ici!

— Je vais les emmener tout de suite.

— As-tu l'argent de la caution?

— C'est combien?

— Cinq cents.

— Dollars? ai-je demandé.

— Je ne parle pas de coups de pied au derrière, a rétorqué le policier.

— Je n'ai pas cinq cent dollars.

— Tant pis, a-t-il dit.

J'étais plutôt surpris par son attitude, car j'avais toujours cru que les policiers étaient là pour nous aider. J'espère qu'après avoir lu cela, tu iras tout de même voir la police si tu as des problèmes. Tu ne tomberas probablement pas sur ce policier. Souviens-toi aussi que Coco venait de le mordre, ce qui pouvait expliquer sa mauvaise humeur.

Une explosion de rires nous est parvenue de derrière la porte, suivie de cris et d'applaudissements. Puis la porte s'est ouverte et un autre policier est sorti. Il gloussait, mais a repris son sérieux en voyant l'air courroucé de son collègue.

— Bonjour, m'a-t-il dit gentiment. Qui es-tu?

— L'enfant des clowns, a répondu le policier grognon. Il n'a pas l'argent de la caution.

— Ne t'inquiète pas, mon garçon, a dit le gentil policier. Le juge va voir tes parents dans un jour ou deux. En attendant, nous prendrons bien soin d'eux.

Son visage s'est plissé et il s'est remis à rire. J'aurais voulu pleurer. Il n'y avait pas de rollmops au poste de police! De plus, les Vaillants Voltigeurs devaient donner un spectacle le lendemain soir!

— Le cirque ne peut pas se passer de M. et Mme Pouêt!

Le gentil policier s'est plié en deux, les mains sur le ventre. Le policier grognon a pris le téléphone d'un air dégoûté.

— Qui appelles-tu? a réussi a demander le gentil policier.

— La Perle Rose.

— Tu commandes de la nourriture?

En entendant sa conversation téléphonique, j'ai compris que Grognon parlait aux propriétaires du restaurant où mes parents étaient allés ce soir-là. J'ai pu reconstituer ce qui était arrivé. Ils .avaient oublié d'apporter de l'argent! Quand Grognon a raccroché, il m'a dit :

— Paie leur addition et ils pourront partir.

— Elle est de combien? ai-je demandé.

— Treize et soixante-dix. Dollars.

— Je reviens tout de suite! ai-je lancé.

— N'oublie pas d'ajouter le pourboire! a-t-il crié.

Je suis revenu à la caravane en courant avec Coco. Silencieusement, pour ne pas réveiller Bap, j'ai pris 20 $ dans le bocal de rollmops sur la cuisinière. Coco n'était pas contente que je l'enferme dans la caravane, mais je ne pouvais pas la ramener avec moi. Si elle mordait Grognon une deuxième fois, c'est moi qui finirais en prison. Comme je ne voulais pas qu'elle jappe et réveille Bap, j'ai dû lui enfoncer une chaussette rayée dans la gueule. J'ai couru tout le long du chemin jusqu'en ville.

— Cet argent sent le poisson, m'a dit Grognon quand je lui ai tendu le billet, hors d'haleine.

Il l'a tout de même pris, et le gentil policier est allé chercher mes parents.

— Nicky! se sont-ils écriés en me voyant. Comme c'est gentil de venir nous voir!

Mon père a voulu serrer la main des policiers.

— Oh non! a dit Grognon. Je ne tomberai pas dans le panneau une deuxième fois.

Ma mère, les cheveux encore ornés de canettes,

a embrassé le gentil policier. En sortant du poste de police, elle a dit :

— C'était la plus amusante des soirées d'anniversaire!

— Mais vous étiez en prison! ai-je protesté.

— Les gens étaient si gentils!

— Qui ça?

— Les gens qui étaient en prison avec nous.

— Ce sont des criminels, lui ai-je rappelé.

— Peut-être, mais ils n'ont rien fait de grave.

Nous sommes parvenus aux limites de la ville, où l'énorme ciel des Prairies nous surplombait, étincelant d'étoiles.

— L'un des policiers était plutôt malcommode, a admis mon père.

— Comme les gens du restaurant, a ajouté ma mère. C'est incroyable, Nicky. Ils préféraient être payés en argent. Apparemment, les blagues ne sont pas acceptées.

— C'étaient de si bonnes blagues, pourtant, a dit mon père en secouant la tête.

— M. Hervé s'est dilaté la rate.

— Qui est M. Hervé? ai-je demandé.

— Un très gentil sans-abri que nous avons rencontré ce soir. Il y avait aussi un homme ivre qui ne se souvenait plus de son nom. Mais quel sens de l'humour!

— Nous aurions dû vous emmener avec nous, les garçons, a ajouté mon père.

Je n'ai rien dit.

Ma mère m'a embrassé.

— L'an prochain, a-t-elle dit. Je te le promets.

Les Lee

Il se passait quelque chose de drôle. En fait, il se passait toujours quelque chose de drôle, mais cette fois, c'était drôle dans le sens de bizarre, étrange et mystérieux, plutôt que dans le sens de comique. Peu importe combien de babioles nous collions sur la caravane, il restait toujours de la place. Comment était-ce possible? La caravane était scintillante de surprises de Pélican Rose et de souvenirs de petites villes. Les jours ensoleillés (il faisait tous les jours soleil), il fallait se protéger les yeux pour la regarder. Mais chaque jeudi soir, nous sortions avec d'autres babioles et trouvions toujours de la place pour les coller.

— C'est peut-être une roulotte magique, a suggéré Bap.

— Peut-être que des babioles sont tombées, a dit mon père.

Pourtant, nous étions à Halo depuis près de

deux semaines, à attendre la pièce de l'incubateur. C'était la plus longue période que nous ayons jamais passée au même endroit durant une tournée.

Nous avons fait le tour de la caravane. Aucune babiole n'était tombée sur le sol. Bap a rampé sous la caravane. Rien non plus.

— Quelqu'un nous les vole, ai-je dit.

— Mais non, voyons! se sont exclamés mes parents.

Ils refusaient de croire que nous avions un voleur dans nos rangs.

— Je vais me cacher, ai-je dit. Je vais le prendre sur le fait.

— Nous allons nous cacher aussi, ont-ils rétorqué. Tu verras, personne ne viendra.

Nous avons rejoint Bap sous la roulotte, suivis de Coco, qui ne voulait pas rester seule. Pendant plus d'une heure, nous avons attendu, recroquevillés dans la poussière. Bap s'est endormi. J'avais de plus en plus soif. J'aurais préféré ne pas être un enfant si sérieux et soupçonneux. Juste au moment où j'allais abandonner, nous avons entendu des pas s'approcher de la roulotte. Beaucoup de pas. Quatre grands pieds et six petits pieds, portant tous des chaussures rouges à semelles plates, fermées par une lanière et une boucle.

— Je connais ces chaussures, a chuchoté ma mère. Où les ai-je vues, déjà?

— Où donc? a demandé mon père.

— Je te le demande.

— Comment le saurais-je?

— Je te pose simplement la question.

— Chut! ai-je fait, soucieux de ne pas révéler notre présence.

Nous avons attendu de voir si les personnes qui portaient ces chaussures allaient enlever des babioles de la caravane. Elles ne l'ont pas fait. Elles parlaient entre elles dans une langue que nous ne comprenions pas. Puis elles ont frappé à la porte.

— La Perle Rose, a chuchoté ma mère.

— Est-ce que c'est une sorte de maïs soufflé? a demandé mon père.

— Le restaurant! Ce sont les propriétaires du restaurant! Cachons-nous! a dit ma mère.

— Nous sommes déjà cachés, ai-je rétorqué.

— Nicky, comme tu es intelligent!

La nuit précédente, je les avais rescapés du poste de police, et maintenant, les propriétaires du restaurant venaient nous rendre visite. Nous ne connaissions pas leurs intentions, mais elles ne nous étaient sûrement pas favorables.

Soudain, une tête nous est apparue à l'envers,

arborant un sourire à l'envers.

— Bonjour, je suis M. Lee. Vous vous souvenez? a-t-il dit en désignant son nez. M. Lee, du restaurant La Perle Rose.

— Comment allez-vous, M. Lee? a dit mon père en lui tendant la main.

BIZZZ!

L'homme à l'envers, surpris, a agité sa main.

— Comment allez-vous aujourd'hui? a-t-il demandé.

— Très bien, merci. Nous avons bien aimé notre repas d'hier. J'adore les biscuits chinois. C'est l'un de mes mets préférés.

— Tous les billets que j'ai trouvés parlaient de chance! a dit ma mère.

M. Lee est demeuré impassible. Puis sa tête a

disparu et nous avons encore entendu parler chinois.

Quand sa tête est réapparue, mon père nous a présentés :

— M. Lee, voici nos enfants, Bap et Nicky. Vous ne les avez pas rencontrés hier soir.

M. Lee a hoché la tête dans notre direction.

— S'il vous plaît, sortez, a-t-il dit.

Nous avons conclu qu'ils n'allaient pas nous causer de problèmes. Les Lee devaient s'être dit la même chose au sujet de mes parents avant de venir jusqu'ici. Nous sommes donc sortis en rampant, puis nous sommes époussetés. Nous allions tous avoir besoin d'une toilette à l'éponge ce soir-là.

Les Lee se tenaient devant nous, vêtus de manière identique d'un survêtement jaune et de souliers rouges. Il y avait la mère, le père, deux adolescentes et un garçon qui semblait avoir sept ans, mais qui, ai-je appris plus tard, avait neuf ans comme moi. Il souriait de toutes ses dents, sauf au centre, où il y avait un trou. Étrangement, il avait une plaque chauve sur le dessus de la tête. La mère et les deux filles portaient la même coiffure, deux macarons de chaque côté de la tête, comme des oreilles d'ours. Elles tenaient des bâtons où étaient attachés de longs rubans rouges.

Le garçon, qui s'appelait Gim, s'est chargé du reste de la conversation.

— Avez-vous déjà entendu parler du Cirque de Shanghai?

— Bien sûr, il est connu dans le monde entier! se sont exclamés mes parents.

Tu devines probablement la suite. L'année précédente, les Lee étaient venus au Canada en tournée et avaient décidé de ne pas retourner en Chine avec le reste de la troupe. Apparemment, la Chine est très peuplée. Ils avaient été séduits par les grands espaces des Prairies canadiennes et le fait qu'il y avait un restaurant chinois dans chaque petite ville. Dans certaines villes, on pouvait même acheter une maison pour un dollar. Les Lee avaient acheté une maison à Halo, ce qui leur avait laissé assez d'argent pour acheter La Perle Rose. Mais ils n'avaient pas prévu qu'ils s'ennuieraient à ce point du cirque.

— Nicky, va chercher M. Meilleur, a dit ma mère.

Je l'ai trouvé dans sa caravane en train de se raser. En entendant les mots « Cirque de Shanghai », il a laissé tomber son rasoir et m'a suivi, la moitié de la figure couverte de mousse. Il avait l'air de la moitié de M. Meilleur.

Les Lee nous ont fait un de leurs numéros au

milieu du cercle de roulottes. Ils ont bondi, fait des cabrioles, puis ont formé des pyramides en forme d'étoiles et de fleurs. M. Lee a levé les bras dans les airs, soutenant Mme Lee qui se tenait en équilibre sur ses mains. Une de leurs filles était debout sur les pieds de sa mère, soutenant sa sœur dans la même position. Gim était juché au sommet. D'un seul mouvement, la pyramide s'est disloquée et ils ont formé une boule, qui s'est mise à rouler sur le gazon. Les deux filles se sont détachées de la boule et ont décrit d'incroyables arabesques avec les bâtons à rubans. Nous étions ébahis, surtout lorsque M. Lee a fait apparaître des planches et des briques, qu'il a brisées sans effort apparent sur la tête du petit Gim. Nous les avons acclamés et applaudis. Des larmes de joie coulaient sur les joues de M. Meilleur, enlevant la mousse de son visage à moitié rasé.

— Sauvés! a-t-il crié. Nous sommes encore sauvés!

Le lendemain, les poussins sont retournés à la ferme de

74

M. Timothée. Nous avons démonté les chapiteaux et nous sommes dirigés vers la prochaine ville. Les Lee ont accroché un écriteau à la porte de leur restaurant :

Fermé
JUSQU'À NOUVEL ORDRE

Journée d'école

— Es-tu déjà allé à l'école? ai-je demandé à Gim.

C'était notre deuxième journée dans la nouvelle ville. Nous étions étendus sur l'herbe, en train de jouer à Go, un jeu chinois aussi passionnant que les échecs. La planche de jeu est un damier et chaque joueur le remplit à tour de rôle de pierres noires et blanches. Gim me battait toujours, mais je m'améliorais.

— Je suis allé à l'école l'année dernière, m'a-t-il dit. J'y allais encore il y a une semaine, quand tes parents sont venus au restaurant.

— Je suis désolé, ai-je dit en baissant la tête, même si j'étais ravi d'avoir maintenant un ami. M. Meilleur va t'inscrire à des cours par correspondance. On pourra faire nos devoirs ensemble.

Gim a gratté sa plaque chauve, qui le démangeait beaucoup. Il a posé sa pierre blanche sur le damier.

— Et si on allait à l'école?

— Quoi?

— Il y a une école ici, à Bonnidée. Si on y allait demain?

Je l'ai regardé. Bonne idée!

Te rappelles-tu ta toute première journée d'école? Te souviens-tu de ta nervosité, de ton excitation? Tu te demandais si la maîtresse serait gentille, si les enfants deviendraient tes amis et si tu comprendrais les règles de la classe. Imagine maintenant que tu n'as pas cinq ou six ans, mais *neuf ans et demi.*

J'ai à peine dormi cette nuit-là.

Les gens du cirque font la grasse matinée tous les matins parce qu'ils travaillent tard. Je n'ai pas eu de mal à me réveiller avant tout le monde. La nuit précédente, j'avais sorti mes plus beaux vêtements et retiré la boue séchée de la semelle de mes souliers avec un bâton. J'ai mangé mon rollmops et me suis brossé les dents trois fois pour être sûr de ne pas avoir une haleine de poisson. J'ai passé un peigne mouillé dans mes cheveux. Puis je me suis préparé une collation avec ce que nous avions dans la roulotte, et je suis allé rejoindre Gim dans le champ du fermier.

Évidemment, j'ai laissé une note à mes parents.

— En quelle année aimerais-tu être? m'a demandé Gim en marchant.

— Est-ce qu'on peut choisir?

— Aujourd'hui, on peut. Ils vont seulement nous déplacer si on n'est pas dans la bonne classe. Quand j'ai commencé l'école, ils m'ont mis en première année même si j'avais huit ans.

— Pourquoi?

— Je parlais seulement chinois.

— Vraiment? Tu parles très bien français, maintenant.

— À Noël, ils m'ont mis en troisième année.

— Allons en cinquième année, ai-je dit.

Je me suis dit que, si nous ne restions que quelques jours dans cette ville, aussi bien en profiter pour apprendre le plus de choses possible.

Nous n'avons pas eu de mal à trouver l'école. En arrivant en ville, nous avons vu un autobus jaune et l'avons suivi jusqu'à une bâtisse en brique, à l'autre bout de la rue. Nous avons entendu des bruits d'école : des cris de joie, des rires et une cloche.

— Dépêchons-nous, ai-je dit.

Les enfants se dirigeaient vers leur classe quand nous sommes arrivés. J'ai demandé à une fille où se trouvait la classe de cinquième année.

— C'est la classe de Mme Fréchette, a-t-elle dit en désignant une porte.

Les élèves lisaient des livres quand nous sommes entrés.

— Période de lecture, a chuchoté Gim.

Il s'est dirigé vers une étagère et a pris un livre pour chacun de nous. J'étais content d'être avec un habitué.

J'ai trouvé un pupitre et j'ai ouvert mon livre. J'avais à peine commencé à lire quand j'ai entendu :

— Pssit!

J'ai levé les yeux et j'ai aperçu un visage connu, de l'autre côté de l'allée. C'était Colin, mon ancien non-ami, qui me souriait et m'envoyait la main. Il n'avait plus de plâtre.

L'enseignante a commencé à faire l'appel. Elle semblait avoir le même âge que ma mère, même si je ne sais pas trop quel âge a ma mère. Elle avait des cheveux blonds qui se retroussaient vers le haut et portait un tricot sur ses épaules. Chaque fois qu'elle disait un nom, un élève répondait : « Présent ».

— Colin Lortie?

— Présent, a répondu Colin.

Comme mon nom n'a pas été mentionné, ni celui de Gim, nous n'avons rien dit.

Nous avons d'abord fait des maths. C'était facile. J'ai remarqué que les autres enfants levaient la main pour répondre aux questions. J'ai bien aimé ça. J'ai décidé que je ferais la même chose pour mes cours par correspondance. J'ai levé la main sans réfléchir. Enfin, j'avais réfléchi à la réponse, mais pas au fait que j'étais un inconnu dans cette classe.

— Quarante-quatre, ai-je dit.

C'est exact, a dit Mme Fréchette en souriant, avant de me regarder attentivement. Qui es-tu?

Toute la classe a éclaté de rire.

— C'est Nicky, a dit Colin.

— Nicky H.H. Gravel, ai-je ajouté.

— Bonjour Nicky. Tu es un nouvel élève? Les

enfants, dites bonjour à Nicky.

— Bonjour Nicky, ont-ils dit en chœur.

C'était une classe très amicale, comme je l'avais espéré.

Quelques minutes plus tard, Gim a levé la main pour répondre à une question, et le même scénario s'est déroulé.

— On dirait que nous avons *deux* nouveaux dans la classe, a déclaré Mme Fréchette.

Tout le monde a encore ri.

Après les mathématiques, nous avons fait une dictée. Je n'ai pas eu une seule faute, même si je n'avais pas étudié le vocabulaire à l'avance. J'étais content d'avoir choisi la cinquième année. Nous aurions probablement perdu notre temps en quatrième.

Ensuite, c'était le cours de sciences sociales. La classe étudiait la géographie du Canada, un sujet que je connaissais à fond, car j'avais beaucoup voyagé dans ce pays au cours de mes neuf années d'existence.

— Comment se nomment les chaînes de montagnes qui servent d'appui à une chaîne principale? a demandé Mme Fréchette.

J'ai levé la main :

— Les contreforts.

— C'est très bien, Nicky.

J'ai jeté un coup d'œil à Colin. Abasourdi, j'ai vu qu'il lisait un album de bandes dessinées, caché dans son cahier.

— Comment appelle-t-on une colline isolée et abrupte, avec un sommet aplati?

— Une butte, ai-je répondu après avoir levé la main.

— C'est exact, Nicky.

J'adorais lever la main.

Puis Mme Fréchette m'a dit, très gentiment :

— Nicky? Voudrais-tu laisser aux autres la chance de répondre?

Elle a posé une autre question :

— Comment se nomme un espace allongé entre deux zones plus élevées?

J'ai chuchoté la réponse à Colin. Il a souri en levant la main.

— Une vallée! s'est-il écrié.

— Ah bon, je vois que tu nous écoutes! a dit Mme Fréchette. C'est bien, Colin.

À la récréation, Colin s'est approché et m'a tapé dans la main. Je lui ai présenté Gim et il m'a présenté ses camarades. Je me souvenais de quelques noms, que j'avais lus sur son plâtre. Il nous a invités à jouer à la balle enroulée, mais je trouvais ce jeu trop dangereux. Gim a grimpé au poteau. Une fois au sommet, il s'est balancé, suspendu par une main, pour faire son intéressant. D'autres élèves se sont approchés. Après avoir vu son exploit, tout le monde voulait être son ami. Ça ne me dérangeait pas, car je savais qu'il reviendrait avec moi au cirque après l'école.

Quand nous sommes rentrés après la récréation, j'ai soudain remarqué à quel point Mme Fréchette était jolie. Le simple fait de m'être éloigné d'elle pendant 15 minutes avait suffi à m'ouvrir les yeux.

Je devine ce que tu penses, alors je ne dirai rien de plus sur ce sujet.

Le midi, les enfants se sont rassemblés autour de *moi* quand ils ont vu que j'avais apporté du maïs soufflé et du coca-cola. Je les ai échangés contre le sandwich au jambon de Colin et les carottes d'Ingrid. Daniel m'a offert sa pomme en échange de ma pointe de pizza froide et ramollie en forme de clown. Quelle bonne affaire!

— Gim, ai-je déclaré, je crois que c'est le plus beau jour de ma vie!

J'aurais bien voulu que ça dure.

Après le repas, quelqu'un a frappé à la porte de la classe. Mme Fréchette a répondu, puis nous a appelés, Gim et moi. Gim avait l'air soucieux, alors j'ai commencé à m'inquiéter.

C'était le directeur, vêtu d'un costume qui lui donnait un air redoutable.

— Gim? Nicky? a dit la merveilleuse Mme Fréchette. Voici M. Sigouin. Il voudrait que vous alliez vous inscrire au bureau.

Pendant que nous suivions le directeur dans le couloir, Gim m'a donné un coup de coude. En faisant marcher ses doigts, il m'a indiqué qu'il voulait s'enfuir. J'ai secoué la tête. Non, je voulais rester. M. Sigouin a ouvert la porte de son bureau et nous a fait entrer.

— Vous avez l'air plutôt sérieux, vous deux! a-t-il dit.

Pour une raison quelconque, Gim avait pris sa casquette de baseball sur son pupitre avant de sortir. Mme Fréchette la lui avait fait enlever un peu plus tôt, car les chapeaux étaient interdits à l'intérieur de l'école. C'était le règlement. Et voilà que Gim portait sa casquette dans le bureau du directeur!

Je lui ai fait signe de l'ôter. Il est resté immobile, les yeux fixés devant lui.

— Enlève ta casquette, mon garçon, a dit M. Sigouin.

Gim a enlevé sa casquette.

M. Sigouin nous a demandé nos noms et ceux de nos parents. Je ne savais pas ce que je lui dirais quand il voudrait connaître mon adresse. Il a demandé à Gim comment s'épelait le nom de sa mère. Il y avait un Q et un X dans son nom. Il a dit à Gim de l'écrire. Gim s'est penché sur la feuille de papier.

— Qu'est-ce que tu as sur la tête? a demandé le directeur.

— Rien, a répondu Gim.

— Ce n'est pas rien! Et si c'était contagieux?

Contagieux, au cas où tu ne le saurais pas, ça veut dire qu'on peut l'attraper. M. Sigouin craignait que d'autres enfants de l'école attrapent ce que Gim avait sur la tête. Mais c'était juste une plaque de peau calleuse, sans cheveux. Les gens ont généralement des callosités sur les pieds ou les mains. C'est le cas de Bruno l'homme fort, qui a les mains calleuses à force de lever des poids. Gim avait une plaque calleuse sur la tête, car c'était à cet endroit que son père brisait des briques et des planches. Une callosité, ça ne s'attrape pas.

— Attends une minute, a dit M. Sigouin. Je vais demander à l'infirmière de jeter un coup d'œil.

Aussitôt qu'il est sorti de la pièce, Gim s'est précipité vers la fenêtre et l'a franchie d'un bond.

— Nicky! a-t-il crié.

J'ai prudemment grimpé sur la chaise de M. Sigouin pour regarder dehors.

— Saute, a-t-il lancé.

— Je ne peux pas. C'est trop haut.

— Allez, viens!

— Pourquoi? ai-je demandé.

— Quand ils vont s'apercevoir que mon père casse des objets sur ma tête, ils vont m'enlever à mes parents. Et ils vont t'emmener, toi aussi.

— Vraiment?

— Oui.

J'ai levé la jambe pour franchir la fenêtre, mais j'ai eu peur et je me suis immobilisé.

— Je ne peux pas!

J'ai entendu une voix courroucée derrière moi :

— Jeune homme! Qu'est-ce que tu fais là?

Je suis tombé par la fenêtre. Je me suis fait vraiment mal en atterrissant sur le sol, mais je n'avais pas le temps de pleurer. Nous avons détalé sans attendre.

Nous n'avons pas été renvoyés, soit dit en passant. Ç'aurait été impossible. Nous n'avions même pas fini de nous inscrire.

Fugueurs

Gim était mon meilleur ami. C'est pourquoi j'étais très content que les Lee fassent partie des Vaillants Voltigeurs. Toutefois, cela a entraîné des conséquences moins positives. Les enfants Lee étant des artistes comme leurs parents, cela a donné une idée aux miens.

— Que diriez-vous de vous faire projeter par le canon? nous ont-ils demandé un soir.

— Non! nous sommes-nous exclamés.

— C'est tellement amusant!

— Jamais! avons-nous crié.

— Et avaler des sabres, ça vous plairait?

Ils voulaient nous faire faire un numéro! Jusque-là, ça ne leur avait jamais effleuré l'esprit. Nous étions horrifiés. Ce soir-là, Bap est allé se coucher avec le pire mal de ventre de sa vie.

Au moins, nous ne subirions pas le même sort que Gim. Pauvre Gim! Il était une planche à découper vivante. Même si cela ne lui faisait pas mal de se faire briser des briques sur la tête, il était embarrassé par sa plaque chauve. Il m'avait raconté que ses cheveux commençaient à peine à repousser quand ses parents avaient décidé de se joindre aux Vaillants Voltigeurs.

— En plus, je dois faire des études, a dit Gim. Je veux devenir dentiste quand je serai grand.

Après le souper, ma mère m'a montré un rouleau de tissu à gros pois qu'elle avait acheté la veille.

— Que veux-tu en faire? lui ai-je demandé.

— Je vais coudre des costumes pour Bap et toi. Mimi va m'aider.

Elle a déroulé le tissu et m'a fait coucher dessus. Elle a tracé le contour de mon corps avec un crayon.

— Tu vas être tellement mignon! a-t-elle dit.

J'ai décidé de m'enfuir.

Est-ce que tu penses ce que je pense? Tu te dis sûrement que, dans le dernier chapitre, nous nous étions enfuis de l'école de peur de nous faire enlever à nos parents! Et maintenant, je voulais me *sauver* de mes parents? Pourtant, imagine mon sort si je restais avec eux : donner le biberon à un chihuahua vêtu comme un bébé, tout en roulant en unicycle et en aspergeant des centaines de spectateurs avec une marguerite en plastique pendant qu'ils se moquaient de moi? Est-ce que ça te semble amusant?

Je me suis faufilé dehors pour aller voir Gim et lui parler de mon plan avant le spectacle. Il était prêt à me suivre. Puis je me suis dit que si je partais sans Bap, c'est lui qui se promènerait en unicycle tout seul avec bébé Coco. Il fallait que je lui offre de nous accompagner.

— Sans papa et maman? a-t-il demandé.

— J'aimerais mieux qu'ils viennent avec nous, mais ils ne voudraient pas.

Bap a choisi de nous suivre.

Tôt le matin suivant, quand la caravane résonnait des ronflements de mon père et des gloussements de ma mère endormie, nous avons emballé quelques affaires et sommes partis. Nous leur avons laissé un mot. Laisse toujours un mot à tes parents pour qu'ils sachent où tu es.

Chers papa et maman,

Nous vous aimons beaucoup, mais nous ne voulons pas faire partie du cirque. Nous voulons aller à l'école, vivre toujours au même endroit et manger des légumes. Alors, nous avons décidé de partir. Gim vient avec nous. S'il vous plaît, dites-le à ses parents, parce qu'il va peut-être oublier de leur laisser un message. Nous vous aimons et espérons vous revoir un jour.

Vos enfants,
Nicky et Bap

Comme Bap commençait à pleurer, j'ai dû trouver une chaussette rayée pour la lui mettre dans la bouche.

Gim nous attendait dans le champ du fermier.

— Nous ne pouvons pas aller simplement à Bonnidée, nous a-t-il dit. Nous devons nous rendre jusqu'à la prochaine ville si nous ne voulons pas qu'ils nous retrouvent.

Bap et moi pensions que c'était une bonne idée. Nous avons traversé le champ jusqu'à l'autoroute, sans passer par la ville, au cas où des gens nous verraient.

C'était une journée chaude et poussiéreuse. Plusieurs voitures se sont arrêtées. Les gens offraient de nous déposer quelque part, mais je savais qu'il ne fallait pas monter dans une voiture avec des étrangers. Pourtant, j'étais fatigué de marcher. Nous étions tous fatigués. Comme Bap était trop épuisé pour pleurer, il a glissé sa main dans la chaussette rayée et l'a fait pleurer quelques instants à sa place.

— Ouin, ouin, ouin, pleurait la chaussette.

Nous nous sommes assis dans le fossé pour nous reposer. Gim avait apporté de la nourriture. Il a sorti un carton de nouilles de son sac à dos. Nous n'avions jamais mangé de nouilles auparavant. Elles étaient délicieuses. Gim aspirait chaque nouille par le trou entre ses dents, disant que c'était meilleur ainsi. Quand j'ai essayé de faire la même chose, la nouille s'est plaquée sur ma figure.

Nous nous sentions mieux après avoir mangé. Gim a transporté Bap sur son dos. Il était fort, à cause de toutes ses acrobaties. La chaussette rayée faisait la sieste.

Quand nous sommes enfin arrivés à la ville suivante, nous avons décidé de nous arrêter. Le nom de la ville était écrit sur l'élévateur à grains : Sonnet. Je me rappelais avoir vu ce nom sur la carte et l'avoir cherché dans le dictionnaire. Un sonnet est un poème de 14 vers. Dans la ville de Sonnet, il y avait un bureau de poste, un magasin, un restaurant chinois, quelques bureaux et cinq ou six rues bordées de petites maisons. Il ne semblait pas y avoir d'école. Nous allions devoir prendre l'autobus.

— Qu'est-ce qu'on fait, maintenant? ai-je demandé.

— On choisit une maison et on s'y installe, a dit Gim.

— Il y a déjà des gens qui vivent dans ces maisons, lui ai-je fait remarquer.

— On vivra avec eux, a-t-il dit.

Nous avons marché dans les rues, nous arrêtant aux maisons qui semblaient prometteuses.

Pas celles où il y avait déjà des enfants : s'il y avait des jouets dans la cour ou des vêtements d'enfants sur la corde à linge, nous poursuivions notre chemin. Même chose s'il y avait un gros chien féroce. Après avoir arpenté toutes les rues, nous sommes allés au restaurant chinois et avons pris place sur une banquette à l'arrière. Gim est allé parler chinois à la femme derrière le comptoir. Elle nous a apporté un repas gratuit. Je ne sais pas ce qu'il lui a dit, mais j'aimerais bien apprendre le chinois.

C'était le meilleur repas de ma vie. As-tu déjà mangé des aubergines?

Tout en mangeant, nous avons parlé des personnes et des maisons que nous avions vues, mais je ne pouvais pas m'empêcher de penser à mon père et à ma mère. Il y avait sûrement des heures qu'ils avaient trouvé mon message. J'étais certain qu'ils ne feraient rien pendant un certain temps, peut-être pas avant qu'il fasse noir. Ils ne prendraient sûrement pas ma note au sérieux. Ils penseraient que c'était une blague.

— Pourquoi pas elle? ai-je dit en désignant la femme derrière le comptoir. Allons vivre chez elle!

— Non, a répondu Gim. Elle nous ramènerait à nos parents.

Selon nous, la meilleure maison où tenter notre

chance était celle où vivait une dame aux cheveux gris. Nous l'avions vue en train de jardiner. Elle nous avait même adressé la parole quand nous étions passés et nous avait offert des petits pois de son jardin.

Nous avons attendu dans le parc qu'il soit l'heure du souper. Bap, qui s'ennuyait de nos parents, pleurait dans sa chaussette. Il se plaignait d'avoir mal au ventre. Puis nous sommes retournés à la maison de la dame et avons sonné à la porte.

— Encore vous? a-t-elle dit en nous apercevant. Est-ce que je peux vous aider?

— Oui, a répondu Gim.

Elle a attendu que nous ajoutions autre chose, mais nous ne savions pas quoi dire. Bap s'est mis à pleurer et elle nous a proposé d'entrer.

La maison m'a parue énorme, mais je sais maintenant que c'est parce que j'avais vécu dans une roulotte toute ma vie. La dame nous a fait entrer dans le salon et nous a dit de nous asseoir. Le divan avait l'air moelleux et j'avais envie de m'y étendre, tellement j'étais fatigué. La dame s'est assise dans un fauteuil, a pris Bap contre elle et lui a enlevé la chaussette de la bouche. (Cette fois, il l'avait mise là lui-même.)

— Es-tu perdu? a-t-elle demandé à Bap.

— J'ai mal au ventre, a-t-il pleurniché.

— Tu as probablement faim. Aimeriez-vous manger quelque chose?

Nous avons tous hoché la tête.

Elle nous a emmenés dans une grande cuisine claire, aux murs couverts de papier peint à fleurs. Il y avait une grosse cuisinière et *deux* éviers. La dame a ouvert un énorme réfrigérateur rempli de nourriture et en a sorti un plat où se trouvait un truc rose. Elle a pris un couteau dans un tiroir et a coupé le truc rose en tranches. Puis elle est retournée au réfrigérateur chercher des contenants de plastique qu'elle a fait réchauffer dans le four à micro-ondes. Elle nous a ensuite distribué des assiettes, en nous disant d'aller nous laver les mains avant de manger.

Dans la salle de bain, j'ai chuchoté à Bap :

— Regarde. Elle a une baignoire.

— Penses-tu qu'elle nous laisserait prendre un bain? a dit Bap.

— On peut le lui demander.

Nous avons d'abord mangé. Le truc rose était du jambon, apparemment. Je n'avais jamais vu de jambon autrement qu'en tranches rondes enveloppées dans du plastique. Il y avait aussi des carottes, des pommes de terre et du lait.

La dame nous a offert du dessert. Bap et moi avons répondu en même temps :

— Non, merci!

— Vous êtes de drôles de gamins, a-t-elle dit.

— Non, pas vraiment, ai-je dit.

Elle nous a demandé si nous aimerions autre chose.

— Un bain, a répondu Bap.

Elle a éclaté de rire. Je suppose qu'elle nous trouvait drôles, même si nous ne l'étions pas.

Elle est allée faire couler un bain. Quand elle nous a appelés dans la salle de bain, j'ai vu qu'elle ne nous avait pas crus pour le dessert. Elle avait rempli la baignoire avec quelque chose qui ressemblait à de la barbe à papa.

— Allez-y, a-t-elle dit.

J'ai pris une poignée de mousse et l'ai mise dans ma bouche. Pouah! C'était pire que les rollmops!

Elle a trouvé ça très comique. Ce n'est qu'après s'être essuyé les yeux avec une serviette qu'elle nous a expliqué que la mousse était une sorte de savon. C'était un bain moussant. Je suppose que tu le savais déjà.

— Je vais vous laisser un peu d'intimité, a-t-elle dit.

Il y avait une pile de serviettes propres près de la baignoire. C'était la première fois que Bap et moi prenions un bain. Nous nous sommes bien amusés tous les trois. Gim a mis des bulles sur le dessus de sa tête pour couvrir sa plaque chauve. Bap s'est fait une barbe blanche. Et Mme Huard (c'était son nom) nous a crié de l'autre côté de la porte d'utiliser le shampoing. Quand nous sommes enfin sortis, elle s'est exclamée :

— Je pensais que vous vous étiez noyés!

En nous apercevant, Bap et moi, elle a ajouté :

— Vous avez les cheveux roux! Je croyais qu'ils étaient bruns.

Ensuite, elle nous a fait asseoir et nous a posé des questions. Elle voulait savoir qui nous étions et d'où nous venions. Nous avions tout prévu. Nous avions préparé notre histoire au restaurant.

— Nous sommes des frères, avons-nous

expliqué. Nous venons de Shanghai.

Nous avions choisi Shanghai parce que Gim disait que c'était une ville énorme. Personne n'essaierait de nous renvoyer là-bas, car il serait impossible d'y retrouver nos parents.

— Comment êtes-vous arrivés ici? a-t-elle demandé.

— On a pris la mauvaise route, a balbutié Bap.

— J'ai averti la GRC que vous étiez chez moi. Demain matin, le gendarme Colbert va venir vous voir. Vous pouvez dormir ici ce soir.

J'étais nerveux quand elle a parlé de la police. Et si le gendarme Colbert était le policier grognon de la ville de Halo? Mais Gim a dit :

— D'accord!

Mme Huard nous a laissés regarder la télévision pendant une demi-heure en grignotant des petits pois crus. Elle a beaucoup ri pendant l'émission. À un moment donné, elle s'est tournée vers nous en disant :

— Vous êtes des enfants drôlement sérieux!

Après, nous avons enfilé nos pyjamas et nous sommes couchés, même s'il faisait encore clair dehors. Au cirque, nous n'allions jamais nous coucher avant la fin du spectacle. Mme Huard nous a conduits à une chambre qui avait été celle de ses fils. Ils étaient maintenant adultes et vivaient dans une grande ville. Bap et moi avons partagé un lit, et Gim a pris l'autre. Ils étaient couverts de courtepointes assorties de couleur jaune et verte. J'avais l'impression d'être blotti sous un champ de blé, de lin et de canola.

Avant d'éteindre la lumière, Mme Huard a dit :

— Le cirque est arrivé à Bonnidée. Si vous êtes toujours là demain soir, je vous y emmènerai. Qu'en dites-vous?

Nous n'avons rien dit.

— Bonne nuit, a-t-elle ajouté.

— Bonne nuit, avons-nous répondu.

Pendant un long moment, je suis resté étendu à réfléchir. Je pensais aux fils de Mme Huard. Étaient-ils fous? Pourquoi avaient-ils quitté cette merveilleuse maison, où ils avaient leur propre

chambre, aussi grande que notre roulotte, et un jardin rempli de bonnes et belles choses à manger? Mme Huard était tellement gentille. Ils ne s'ennuyaient donc pas d'elle? Bap et Gim étaient déjà endormis, et je n'avais personne à qui parler. J'étais seul avec mes pensées et les ronflements de Bap et Gim. Ce dernier faisait des mouvements saccadés avec ses mains, comme s'il tranchait des objets pendant son sommeil.

Les fils de Mme Huard n'appréciaient probablement pas la vie choyée qu'ils avaient menée ici. Voilà pourquoi ils étaient partis. Cela m'a amené à me demander si j'appréciais ma propre vie avec mes parents et les Vaillants Voltigeurs. J'aimais mes parents. J'aimais Grand-mère Pat, M. Meilleur et Bruno l'homme fort. Et aussi Mimi et Claude, qui nous appelaient leurs *choux-fleurs*, un légume que nous n'avions jamais mangé. Et je commençais à m'ennuyer de ma famille du cirque.

S'il te plaît, ne le dis à personne, mais... j'ai pleuré.

Soudain, j'ai entendu un bruit. Je me suis redressé. J'avais dû m'endormir, parce qu'il faisait noir.

— Ouaf! Ouaf!

Le bruit était faible, mais se rapprochait de plus

en plus. Bientôt, j'ai entendu :

— Baaap! Niiicky! Baaap! Niiicky!

Je me suis levé et suis allé à la fenêtre. J'ai écarté le rideau et j'ai aperçu Coco, qui trottait dans la rue en glapissant. Elle est passée devant la maison sans s'arrêter.

— Baaap! Niiicky!

Ma mère et mon père sont apparus au loin, suivant les traces de Coco. Lorsqu'ils étaient retournés à la caravane après le spectacle, ils devaient avoir compris que mon message n'était pas une blague. J'étais si content de les voir que j'ai

ouvert la fenêtre pour les appeler. Puis j'ai remarqué qu'ils portaient leurs chaussettes rayées, leurs gros souliers, leurs bretelles et leur faux nez. Ce n'était pas nos parents, après tout. C'était M. et Mme Pouêt. M. et Mme Pouêt qui voulaient nous faire faire un numéro de cirque!

— Baaap! Niiicky! Baaap! Niiicky! criaient-ils dans l'obscurité en avançant d'un pas lourd.

Je les ai regardés passer. J'ai refermé la fenêtre. Il commençait à pleuvoir. Puis je me suis rendu compte que c'était seulement moi qui pleurais de nouveau.

Un mystère éclairci

As-tu eu du mal à lire le dernier chapitre? L'encre était de plus en plus pâle. Mais c'est mieux, maintenant, non? C'est parce que j'ai fabriqué de l'encre avec Bap! Ce que tu lis en ce moment a été dactylographié avec de l'encre de saskatoons.

Bap et moi sommes descendus dans le ravin pour cueillir des amélanches, aussi appelées saskatoons. Au cas où tu ne le saurais pas, ce sont des baies tout à fait délicieuses. Je ne sais pas pourquoi elles portent le nom de la ville de Saskatoon, car elles poussent dans toutes les Prairies, des deux côtés de la frontière. Nous les avons ramassées dans des bocaux de rollmops et les avons rapportées à la maison dans l'espoir de faire une tarte. Sauf que mes parents ne savent pas comment faire des tartes. Ces jours-ci, ils essaient de préparer des repas normaux, mais ils n'en sont pas encore aux tartes.

— Qu'est-ce que vous penseriez d'un sandwich aux saskatoons? a proposé ma mère.

Nous avons essayé. C'était plutôt bon. Je te conseille d'ajouter du beurre d'arachides pour empêcher les baies de rouler et de tomber du pain. Je te recommande aussi de *ne pas* utiliser un bocal de rollmops pour la cueillette, parce que ça donne une odeur de poisson aux fruits.

Après le dîner, en voyant le comptoir tout taché par les amélanches, j'ai eu l'idée d'en faire de l'encre. Bap et moi avons écrasé un tas de baies dans un gros chaudron, avec nos pieds nus. Puis j'ai sorti le ruban de la machine à écrire et l'ai laissé tremper dans le chaudron toute une nuit.

Tadam!

Pensais-tu que j'écrivais avec du sang?

Revenons à l'histoire.

Le matin suivant, chez Mme Huard, Bap s'est réveillé en pleurant. J'ai cru qu'il s'ennuyait de nos parents, lui aussi. Je n'ai pas osé lui dire que je les avais vus la veille.

— Ne t'en fais pas, Bap, lui ai-je dit. Nous les reverrons un jour.

Bap s'est mis en boule en se tenant le ventre.

— Je m'ennuie d'eux, moi aussi, ai-je dit en retenant mes propres larmes.

Gim s'est réveillé à son tour, car Bap braillait de plus en plus fort. Il faisait tellement de bruit que Mme Huard est venue dans notre chambre voir ce qui se passait.

—Il s'ennuie de Shanghai, a expliqué Gim.

Mme Huard s'est assise sur le lit. Elle portait toujours son pyjama, alors il devait être très tôt.

— Qu'est-ce que tu as, Bap?

Bap a continué à geindre en se tenant le ventre.

—As-tu mal quelque part? a insisté de nouveau Mme Huard.

— Ouin, ouin, ouin! lui a répondu Bap.

— Gim? Nicky? Habillez-vous. Nous allons emmener Bap à la clinique.

Il ne m'était jamais venu à l'idée qu'il puisse avoir une bonne raison de pleurer.

— Qu'est-ce qu'il a? ai-je demandé.

— Je ne sais pas, mais je crains que ce ne soit son appendice.

Son appendice! Grand-mère Pat m'avait parlé

de l'appendice. C'était dans la même catégorie que la rate et les amygdales. Autrement dit, ça pouvait lâcher.

— Est-ce qu'il va guérir? ai-je demandé.

— Je l'espère.

Nous nous sommes habillés le plus vite possible. Quelques minutes plus tard, Mme Huard est revenue, habillée elle aussi. Elle a enveloppé Bap dans une couverture et l'a transporté jusqu'à la voiture. Gim et moi avons pris place à l'arrière avec lui. J'étais si inquiet pour Bap que je ne pouvais pas parler. Je me suis dit qu'il devrait probablement se faire opérer. Nos parents seraient déçus si Bap se faisait enlever l'appendice en leur absence. Ils auraient sûrement voulu être là pour le réconforter après l'opération.

La clinique se trouvait quelques villes plus loin. Plus tard, Mme Huard a dit qu'elle était heureuse que ce soit arrivé si tôt le matin, car il n'y avait pas beaucoup de circulation sur la route. Elle n'avait jamais conduit si vite de sa vie.

— Ce ne sera pas long, Bap, ne cessait-elle de répéter.

Quand nous sommes arrivés, elle a laissé la voiture devant la clinique. Nous l'avons suivie à l'intérieur pendant qu'elle transportait Bap, tout emmitouflé et sanglotant. Gim et moi avons dû rester dans la salle d'attente.

Mme Huard est revenue nous dire qu'ils prenaient une radiographie du ventre de Bap.

— Mangez donc un peu, les garçons, a-t-elle dit en sortant deux muffins de son sac. Pas besoin de souffrir vous aussi.

Pour la première fois depuis que j'étais un bébé, j'ai mangé autre chose que des horribles rollmops pour le déjeuner. Étonnamment, cela m'a rendu triste, mais j'étais trop inquiet pour goûter de toute façon.

Une infirmière est venue parler à Mme Huard. Elles ont chuchoté pendant quelques minutes, puis Mme Huard s'est tournée vers nous en souriant :

— Eh bien, Gim et Nicky! Je comprends pourquoi vous n'aviez pas envie d'aller au cirque!

Nous l'avons regardée fixement.

— Vos pauvres parents sont dans tous leurs états. Ils ont appelé la clinique hier soir. Ils avaient peur que vous ne soyez blessés.

Nous avons baissé la tête. Puis la docteure est arrivée. Je savais qu'elle était médecin, car elle portait une blouse blanche.

— Venez voir ça! a-t-elle dit à Mme Huard. Vous aussi, a-t-elle ajouté en nous faisant signe.

Nous sommes tous allés dans une petite pièce sombre où une image en gris et blanc se détachait

sur un écran lumineux. D'abord, je n'ai pas
compris pourquoi elle voulait nous montrer une
émission, alors que mon frère était malade avec
son appendice qui l'avait lâché. La docteure a
désigné l'image.

— Savez-vous ce que c'est?

— C'est un tipi, ai-je répondu.

J'en avais acheté un identique l'an dernier,
dans la ville de Grande Cache. Je l'avais collé sur
notre roulotte. Pourquoi la docteure avait-elle une
photo de ce tipi? Et aussi du trilobite que j'avais
trouvé à Tomahawk? Et d'une foule d'objets qui me
semblaient familiers, mais que je n'avais pas vus
depuis quelque temps : des dés, des castagnettes
miniatures, de l'argent factice, un œil de plastique,
un sifflet, une mini tasse avec sa soucoupe.

— Juste ciel! s'est exclamée Mme Huard.

Des billes, un serpent de caoutchouc, une poupée, une lampe de poche, un bracelet de perles... L'œuf de Pâques ukrainien!

C'est alors que j'ai compris. Nous étions en train de regarder une photo de l'intérieur du ventre de Bap.

Je ne sais pas comment ils ont sorti tous ces objets de là. Bap ne le sait pas non plus. Il a manqué ce bout-là. Il dit qu'il ne sait même pas comment ces trucs se sont retrouvés dans son estomac. Peut-être qu'il se faufilait dehors la nuit et les mangeait pendant son sommeil?

Quand mes parents et les Lee sont arrivés à la clinique, Bap dormait toujours. Gim et moi étions dans la salle d'attente avec Mme Huard. M. et Mme Lee sont entrés en criant. Ils avaient l'air fâchés, mais ils se sont précipités sur Gim pour l'étreindre et l'embrasser. J'étais stupéfait en voyant mes parents. Je ne les avais jamais vus tristes auparavant. Leurs vêtements ne leur allaient plus, tout à coup.

— Maman, papa! Ne vous en faites pas, Bap va bien. On a passé la nuit chez Mme Huard. Voici Mme Huard. Elle est très gentille.

— Vous deviez être fous d'inquiétude, a continué Mme Huard.

110

Ma mère s'est affalée sur une chaise et a ouvert les bras. Je m'y suis jeté. Elle m'a serré contre elle en sanglotant. Tu ne peux pas savoir à quel point je me sentais coupable. Si tu dois retenir une chose de ce livre, c'est qu'il ne suffit pas de laisser une note. Il est nettement préférable de discuter de tes problèmes.

Mon père a serré la main de Mme Huard. Sans vibration. Il avait enlevé la pile de son alliance. Ça prouve à quel point il était bouleversé!

Après ces retrouvailles émouvantes, on nous a permis d'aller voir Bap. Il venait de se réveiller et se sentait beaucoup mieux. Il était si heureux de voir nos parents, et eux ne pouvaient arrêter de l'embrasser et de le serrer dans leurs bras (désolé qu'il y ait tant de baisers dans ce chapitre!).

Mon père a sorti un bouquet de marguerites qui faisaient gicler de l'eau et l'a mis dans un verre sur la table de chevet. Ma mère avait apporté un bocal de rollmops et une boîte de Pélican Rose, mais la docteure lui a dit que Bap ne pourrait pas en manger pendant un certain temps. Elle a donné un dépliant à mes parents. Ça s'appelait *Le guide alimentaire canadien*.

— Les enfants doivent manger sainement, a-t-elle expliqué.

Apparemment, Bap ne pouvait pas s'empêcher

de manger les babioles collées sur la roulotte. Son corps lui disait qu'il avait besoin de vitamines et de minéraux. La docteure a parlé sérieusement à mes parents pendant un bon moment, et ils n'ont pas fait une seule blague. Puis elle a déclaré :

— Je vais vous laisser seuls quelques minutes.

Aussitôt qu'elle est sortie de la chambre, ma mère nous a dit :

— Bap, Nicky, nous sommes désolés d'avoir voulu vous faire participer au spectacle. Nous voulons seulement que vous vous amusiez et que vous soyez heureux. Nous voulons ce qu'il y a de mieux pour nos enfants.

— Nous allons quitter le cirque aussitôt que M. Meilleur pourra nous remplacer, a ajouté papa.

Bap et moi nous sommes regardés. C'était

exactement ce que nous voulions. Alors, pourquoi nous sentions-nous tristes?

La docteure est revenue avec un plateau d'acier débordant de babioles.

— J'ai pensé que tu aimerais les ravoir, a-t-elle dit à Bap.

— Bap! a crié ma mère. Mes dents de plastique! Je les ai cherchées partout!

Le cœur de M. Meilleur

Nous avons décidé de quitter le cirque à la fin de l'été, avant la rentrée scolaire. Nous ne savions pas comment annoncer notre départ aux autres membres. M. Meilleur était déjà inquiet, car les Lee devaient retourner à La Perle Rose, leur restaurant de Halo. Qu'est-ce qui arriverait aux Vaillants Voltigeurs sans M. et Mme Pouêt? M. Meilleur serait probablement ruiné. Nul d'entre nous ne souhaitait une chose pareille.

Bap s'est rétabli assez vite, et nous avons invité Mme Huard à assister au spectacle. Nous avons dû ajouter une représentation, en remplacement de la sorée qui avait été annulée le soir où Bap était resté sous observation à la clinique. (Même M. et Mme Pouêt n'avaient pas envie de s'amuser ce soir-là). Quand tu es sous observation, ça veut dire que quelqu'un te surveille. Selon ma mère, ils voulaient s'assurer que Bap n'avait pas d'autres maux de ventre, mais à mon avis, ils craignaient qu'il mange quelque chose durant son sommeil, comme un stéthoscope ou un thermomètre.

Pendant le spectacle, Bap et moi étions assis de chaque côté de Mme Huard dans la première rangée. Quand M. Pouët est passé devant nous sur son unicycle, il s'est arrêté pour serrer la main de Mme Huard.

BIZZZ!

Mme Huard a ri aux éclats. Puis M. Pouët nous a arrosés, Bap et moi, avec une jolie marguerite de plastique. Heureusement, il n'a pas aspergé Mme Huard, qui portait une belle robe. Mme Pouët s'est approchée avec bébé Coco et a laissé Mme Huard lui donner le biberon. Je sais que Mme Huard s'est bien amusée, car elle me l'a dit après le spectacle. Elle est même allée remercier M. Meilleur de lui avoir donné un billet gratuit.

— Ce fut un plaisir, madame, a dit M. Meilleur en s'inclinant.

Quand il lui a baisé la main, une colombe a surgi par magie de la robe de Mme Huard et s'est envolée.

— Oh! comme c'est charmant! s'est exclamée Mme Huard avant de regarder dans sa robe, pour voir s'il n'y aurait pas autre chose.

Pendant le spectacle, il s'est produit quelque chose de drôle. En fait, il s'est produit beaucoup de choses drôles, mais je veux dire drôle dans le sens de bizarre. J'avais quitté mon siège pour aller aux toilettes et je suis passé devant Grand-mère Pat dans sa baraque. Elle parlait à une femme plutôt âgée, élégamment vêtue. Elle lui racontait l'histoire de l'éclosion des poussins. Quand je suis repassé par là, Grand-mère Pat racontait toujours cette histoire, mais à un homme, cette fois. Je sais que c'était un homme, car il avait une barbe. Mais, quand j'ai repris mon siège, j'ai jeté un coup d'œil par-dessus mon épaule, et j'ai vu que Grand-mère Pat parlait de nouveau à la femme.

Qu'est-ce qui se passait?

Je n'ai compris que le lendemain, quand je suis allé en ville chercher mon dernier colis du ministère de l'Éducation. Ma mère m'avait demandé d'en profiter pour rapporter des rollmops et des pommes. Après avoir fait les courses, je me suis assis pour manger une pomme sur les marches du bureau de poste. Tout à coup, j'ai vu la femme de la veille qui marchait de l'autre côté de la rue. Elle portait une jupe et des chaussures à talons hauts. Quand elle s'est arrêtée pour regarder une vitrine, elle m'a tourné le dos. J'ai alors vu qu'elle portait un pantalon et un veston sur l'autre moitié de son corps. Le côté où elle était un homme.

C'était Jean-Jeanne!

Je me suis levé et me suis mis à courir. Même avant d'avoir atteint la roulotte de M. Meilleur, je savais qu'il était déjà au courant.

— Jean-Jeanne! se lamentait-il à l'intérieur. Pourquoi me torturer ainsi?

J'ai frappé à la porte, mais il pleurait si fort que j'ai dû ouvrir moi-même.

M. Meilleur brandissait une photo de Jean-Jeanne et lui parlait comme s'il s'agissait d'une personne :

— Pourquoi restes-tu muette? Et toi, réponds-moi!

— M. Meilleur, ai-je dit.

Il s'est retourné si vite que Sir Wilfrid a dégringolé de son épaule et s'est faufilé sous le lit.

— Nicky!

— Je l'ai vue, ai-je dit. Et lui aussi.

— Lui! a grondé M. Meilleur. J'aimerais lui tordre le cou! Mais je ne peux pas le faire sans lui tordre le cou à elle aussi!

Je ne croyais pas vraiment que M. Meilleur

aurait recours à la violence. C'est un homme au grand cœur.

— Comment Jeanne a-t-elle su où vous étiez? lui ai-je demandé.

— Nous nous écrivons, a répondu M. Meilleur en désignant une enveloppe sur la table, adressée à *M. Meilleur, poste restante*. Nous correspondons depuis des années. Tous les quatre ou cinq ans, elle parvient à lui échapper.

— Échapper à qui?

— À Jean. Son frère. Elle lui échappe et vient me retrouver.

— Comment fait-elle pour lui échapper? ai-je demandé.

— Elle l'hypnotise. C'est le Grand Carlos qui lui a montré comment s'y prendre, quand nous étions en tournée. Mais Jean finit toujours par se réveiller! Jeanne arrive en ville et, le lendemain, Jean se réveille et relève sa manche, fou de rage.

— Pourquoi relève-t-il sa manche?

— Pour se battre. C'est un boxeur. Eh bien, cette fois, je vais lui rendre coup pour coup!

Il a donné quelques faibles coups de poing dans le vide. Puis il a fondu en larmes.

Sir Wilfrid était sorti de sous le lit et essayait de grimper sur sa jambe. M. Meilleur a pris le lapin et s'est essuyé les yeux avec sa fourrure.

Ça m'a donné une idée.

Tu te rappelles le chapitre où nous avons fait la rencontre des Lee? Le fait de voir M. Meilleur s'enfouir le visage dans la fourrure de Sir Wilfrid m'a rappelé que, ce jour-là, il était sorti de sa roulotte avec la moitié de la figure couverte de mousse à raser.

— Jean et Jeanne sont frère et sœur, n'est-ce pas? ai-je demandé.

— Malheureusement, oui.

— Vous savez, quand j'ai quelque chose, mon frère le veut aussi. C'est normal, non?

— Que veux-tu dire, Nicky?

— Que si vous aimez Jeanne, quelqu'un devrait aussi aimer Jean.

— Qui pourrait aimer cette brute?

— Vous.

— Moi?

Il était sidéré, ce qui veut dire très étonné, au cas où tu ne le saurais pas.

Je lui ai expliqué mon idée :

— Vous n'avez qu'à vous habiller à moitié en femme. Comme ça, Jean aura l'impression d'avoir une amoureuse lui aussi!

— M'habiller à moitié en femme? Jamais de la vie!

— Pourquoi pas? Si un ours peut porter une

robe, pourquoi pas vous? ai-je dit en désignant la photo de l'ours en tutu.

L'ours avait l'air embarrassé. M. Meilleur aussi.

Il m'a regardé d'un air grave, puis a déclaré :

— Nicky, je vais réfléchir à ce que tu m'as dit.

Le lendemain matin, M. Meilleur est venu frapper à la porte de notre roulotte.

— Je veux bien essayer, a-t-il dit d'un air embarrassé. Je n'ai pas le choix!

Tout le monde s'est mis de la partie pour aider notre imprésario à gagner le cœur de Jean-Jeanne. Ma tâche a été de me rendre en unicycle au motel de Jean-Jeanne afin de fixer un rendez-vous pour le soir même.

L'homme-femme a ouvert la porte, vêtu à moitié d'un kimono de soie, et à moitié d'une veste d'intérieur en velours.

— Qu'est-ce que tu veux? a-t-il demandé d'un ton hargneux.

— Voyons, Jean, a roucoulé Jeanne.

— M. Meilleur aimerait vous rencontrer ce soir à 19 heures dans le parc, ai-je balbutié.

— Je ne te laisserai pas y aller! a tonné Jean.

— Tu ne m'en empêcheras pas! a crié Jeanne en tapant de son pied qui portait une mule ornée de plumes.

Je me suis empressé de partir. J'avais peur qu'ils commencent à se donner des coups, et pas des coups pour rire comme mes parents.

Quand je suis revenu au cirque, Mimi et Grand-mère Pat étaient en train de coudre ensemble une robe de Mimi et un vieil habit de M. Meilleur. Bap jouait sous la table avec Sir Wilfrid pendant que ma mère mettait la dernière touche au maquillage de Mme Meilleur. Après avoir étendu de l'ombre à paupières mauve sur un de ses yeux, elle lui a appliqué du rouge à lèvres cerise sur la moitié de la bouche. Comme M. Meilleur avait des cheveux blancs très courts, ma mère ne pouvait pas se servir de ses canettes pour les friser.

— Je ne sais pas quoi faire avec ses cheveux, a-t-elle dit.

— Grand-mère? a appelé Mimi. Apportez de la barbe à papa, s'il vous plaît!

— Rose ou bleue?

— Rose, je crois. Ça ira mieux avec sa robe, non?

Grand-mère Pat est sortie d'un pas lourd pour faire démarrer la machine. Quand elle est revenue avec de la barbe à papa fraîche, Mimi l'a disposée sur le côté de la tête de Mme Meilleur, en la fixant avec des pinces à cheveux. Après avoir vaporisé du fixatif sur la coiffure, ma mère, Mimi et Grand-mère Pat ont reculé d'un pas pour admirer leur œuvre.

— Elle est belle, monsieur Meilleur.

— Très belle!

M. Meilleur n'avait pas l'air content. Il a marmonné qu'il serait la risée du cirque.

— C'est mon rôle, ça, monsieur Meilleur! a lancé ma mère avant de se tourner vers nous. Qu'en pensez-vous, les garçons?

— Je crois que tu as oublié quelque chose, ai-je dit.

Les trois femmes ont examiné M.-Mme Meilleur, sans remarquer ce qui manquait.

Je me suis éclairci la gorge. Puis les bourrelets de Grand-mère Pat se sont mis à trembloter.

— Bien sûr! a-t-elle lancé en riant. Il vous faut un sein, monsieur Meilleur!

Tout le monde a éclaté de rire, sauf M. Meilleur.

— Tenez, a dit Bap en lui tendant Sir Wilfrid.

— C'est parfait!

Ma mère a défait quelques boutons de la robe de Mme Meilleur et a glissé le lapin à l'intérieur. Nous avons reculé pour l'observer.

— Ça a l'air naturel,
a jugé ma mère.

Papa, Bruce et
Claude nous ont
rejoints devant
la roulotte de
M. Meilleur pour
assister aux
débuts de
Mme Meilleur.
Quand elle est
sortie en marchant
de côté, nous avons tous

poussé une exclamation. M. Meilleur s'est incliné,
Mme Meilleur a fait une révérence, et tout le
monde a applaudi.

— Oh! oh! a chuchoté Bap.

Le sein bougeait. Il était descendu au niveau de
la taille de Mme Meilleur. Celle-ci l'a remis en
place, mais il s'est faufilé sous son bras et s'est
retrouvé dans son dos.

— Madame Meilleur! a crié Bap. Votre sein est
dans votre dos!

Maintenant, le sein avait l'air d'une bosse. Une
bosse qui donnait des coups de patte.

M.-Mme Meilleur a fait demi-tour brusquement,
dans l'espoir de ramener le sein à l'avant. La

moitié des membres du cirque se sont précipités pour l'aider pendant que Coco jappait envieusement en courant d'une personne à l'autre. Elle voulait être un sein, elle aussi!

La lessive de la veille était encore étendue sur la corde. En apercevant quelques paires de chaussettes rayées, je me suis dit que nous pourrions les rouler en boule pour imiter un sein. J'ai couru les décrocher. Sir Wilfrid est sorti comme par magie de la robe de Mme Meilleur et a été remplacé par les chaussettes. L'illusion était parfaite.

Même si nous n'étions pas censés y aller, Bap et moi avons enfourché nos unicycles pour nous rendre au parc où aurait lieu la rencontre. Avant de partir, nous avons détaché la fausse bague à diamant que papa avait collée sur la caravane. Nous avons aussi ramassé des pétales de fleurs pour les lancer sur l'heureux couple. Peut-être qu'ils se fianceraient enfin! Nous le souhaitions de tout cœur, car si M. Meilleur épousait Jean-Jeanne, il serait heureux malgré notre départ du cirque.

Jean-Jeanne était déjà là à notre arrivée. Elle était assise sur un banc, en train de se disputer. Nous nous sommes dissimulés derrière un buisson et l'avons écoutée se chamailler.

— Je te défends de t'enfuir avec cet homme

horrible! a dit une voix grave.

— Mais je l'aime! a rétorqué une voix haut perchée.

— Tu n'es pas seule, ne l'oublie pas!

J'avais raison. Jean avait peur de se faire délaisser.

Bap m'a donné un coup de coude. Notre imprésario approchait, avec de gros pas lourds du côté de M. Meilleur, et de petits pas vacillants sur le côté de Mme Meilleur. Jean-Jeanne s'est levée, étonnée.

— Qui est avec lui? a demandé Jean d'un air intéressé. Qui est-*elle*?

On aurait dit qu'il avait vraiment envie de rencontrer Mme Meilleur. J'ai souri à Bap. Notre plan fonctionnait.

Mme Meilleur a fait un clin d'œil à Jean avant de se présenter à Jeanne :

— Je suis Mme Meilleur.

— Heureuse de vous rencontrer, a dit Jeanne en lui serrant la main. J'adore vos cheveux. Qui est votre coiffeur?

Mme Meilleur a tapoté sa barbe à papa, mais n'a pas eu le temps de répondre.

— Qu'est-ce que vous regardez? a aboyé Jean, une seconde avant que son poing écrase le nez de M. Meilleur.

M-Mme Meilleur est tombé sur le sol. Jeanne a hurlé :

— Monsieur Meilleur! Oh, monsieur Meilleur! Je suis désolée! Je ne peux pas le contrôler!

Bap et moi sommes sortis de notre cachette et avons couru à la rescousse du vieil homme.

— Partons d'ici, a dit Jean.

Jeanne s'est penchée sur M. Meilleur. Je suis sûr qu'elle voulait l'aider, mais Jean a grondé :

— Tout de suite!

Jean-Jeanne a tourné les talons et s'est enfui.

Nous avons chacun tiré un bras de M. Meilleur pour l'aider à s'asseoir. Il saignait du nez. Il a essuyé le sang avec l'ourlet de la robe de Mme Meilleur.

— Voilà, a-t-il dit. C'est fini. Je suis trop vieux pour ces histoires.

Nous l'avons ramené lentement au cirque. Sans dire un mot, il s'est enfermé dans sa roulotte. Heureusement qu'il n'y avait pas de spectacle ce soir-là.

— Qu'est-ce qu'il fait là-dedans? avons-nous demandé à ma mère.

— Il panse ses blessures.

— Son nez? a demandé Bap.

— Non, son cœur.

Mes parents ont dressé une liste de leurs meilleures blagues. Ils nous ont demandé d'aller la porter à M. Meilleur, mais ce dernier a refusé d'ouvrir la porte.

— M. Meilleur? C'est seulement Bap et moi, ai-je crié par la fenêtre. Est-ce qu'on peut entrer? On aimerait que vous nous racontiez la fois où le Grand Carlos vous a coupé en deux!

M. Meilleur adorait raconter cette histoire, surtout la partie où la moitié de la boîte qui contenait ses jambes avait disparu.

Pas de réponse. Découragés, nous sommes revenus à notre roulotte.

Vers 21 heures, Mme Huard est venue nous

porter un gros panier de légumes. Elle avait fait tout ce chemin pour nous dire au revoir, car nous devions encore lever le camp.

— J'ai aussi fait une bonne tarte aux saskatoons, a-t-elle dit.

— Je suis désolé, lui a dit mon père, mais nos enfants n'ont plus le droit de manger des sucreries.

(Heureusement, mes parents ne sont plus aussi stricts, maintenant. Bap et moi aimons bien manger du sucré de temps en temps.) C'était une tarte magnifique, dorée et décorée de marques de fourchette.

— Je comprends. Peut-être que M. Meilleur aimerait en manger? Il a été si gentil de m'offrir un billet pour le cirque.

— Tenez, apportez-lui ceci en même temps, a dit ma mère en lui tendant la liste de blagues.

Je ne sais pas pourquoi M. Meilleur a ouvert la porte à Mme Huard, alors qu'il ne nous avait pas répondu. Il a dû aimer les blagues, car je les ai entendus rire peu de temps après.

Une maison à un dollar

Le lendemain, le cirque s'est dirigé vers la ville suivante. Comme d'habitude, notre caravane était derrière. La première était celle de M. Meilleur, suivie des roulottes de Bruce, de Grand-mère Pat (la plus grosse), puis de Mimi et Claude. Venaient ensuite Claude, au volant du camion qui transportait les chapiteaux, l'équipement et l'enseigne des Vaillants Voltigeurs, et nous, dans notre caravane scintillante de babioles.

Tout en roulant, nous avons discuté de la façon d'annoncer notre départ à M. Meilleur.

— Je ne veux pas quitter M. Meilleur! pleurait Bap.

— Je croyais que vous ne vouliez plus voyager avec le cirque, a dit mon père.

— C'est vrai, avons-nous répondu. Mais nous ne voulons pas leur dire au revoir. C'est trop triste.

— Alors, ne leur disons pas au revoir, a suggéré ma mère. Nous partirons à reculons, en disant : « Bonjour, bonjour, bonjour! »

— Quelle excellente idée! a dit mon père en se penchant pour lui donner un baiser.

— Garde les yeux sur la carte! a lancé ma mère en gloussant.

Trop tard. Nous étions encore perdus.

Ma mère a ralenti et s'est rangée sur le côté de la route. Bap et moi avons détaché nos ceintures et avons rejoint nos parents à l'avant; Coco se prélassait sur le tableau de bord. Par le pare-brise poussiéreux, nous ne pouvions voir qu'un vaste ciel sans nuages, et des kilomètres de buttes de la couleur d'une croûte de tarte dorée.

— Où sont-ils passés? a demandé ma mère. Est-ce que je me serais trompée de direction?

Elle a éteint le moteur.

— Si nous sortions nous étirer? a proposé mon père.

Après nos étirements, il était presque l'heure de dîner. Nous avons décidé de faire un piquenique en attendant qu'on vienne nous chercher. Ma mère a mis quelques légumes de Mme Huard dans son chapeau. Elle a attaché la nappe autour du cou de Bap comme une cape, puis nous avons grimpé au sommet de la butte. Coco s'est mise à courir et est arrivée avant nous. Il faut toujours qu'elle soit la première! Après avoir étalé les légumes sur la nappe, mes parents ont commencé à se lancer de la nourriture. Je déteste quand ils font ça. Les tomates deviennent toutes ramollies.

— Regardez! me suis-je exclamé. Une maison!

Nous n'avions pas vu la maison de la route, car

Maison à vendre
1,00 $

elle était de l'autre côté de la butte. C'était une maison à deux étages, avec un porche. Les fenêtres du deuxième ressemblaient à des yeux étonnés et la porte peinte en rouge avait l'air d'une bouche. Cela donnait à la maison une allure très sympathique. Nous avons décidé de terminer notre pique-nique et d'aller rendre visite aux gens qui habitaient là. Ils devaient aimer les visiteurs, puisqu'ils vivaient si loin de la ville.

— On pourrait leur raconter des blagues, a dit mon père.

— Je suis certaine qu'ils aimeraient bien ça, a renchéri ma mère.

J'ai mangé une carotte et une pomme de terre. Je dois avouer que les pommes de terre crues ne sont pas parmi mes légumes favoris, mais Bap les adore.

Comme la maison était au pied de la butte, nous avons décidé de rouler jusqu'en bas. Ce serait plus rapide que de marcher.

— Nous roulons bien parce que nous mangeons des rollmops, a déclaré ma mère.

En passant, nous n'avons pas cessé de manger des rollmops pour le déjeuner. Selon *Le guide alimentaire canadien*, ils correspondent à deux groupes alimentaires essentiels : celui des viandes et substituts, et celui des fruits et légumes.

Nous avons roulé jusqu'en bas de la butte avec Coco, atterrissant presque au pied de la maison. Après nous être époussetés, nous en avons fait le tour pour nous rendre à l'avant, où il y avait une pancarte :

Maison à vendre
1,00 $

— Mortadelle! Un dollar pour cette maison? s'est exclamée ma mère. Quelle bonne affaire!

Nous avons gravi les marches du porche et frappé à la porte rouge. Aucun son ne nous parvenait de la maison.

— C'est calme, ai-je chuchoté.

— Et paisible, a chuchoté ma mère.

— Il n'y a peut-être personne, a chuchoté mon père.

— Pourquoi chuchotons-nous? a chuchoté Bap.

Nous avons tous éclaté de rire.

Ma mère et moi avons jeté un coup d'œil par la fenêtre.

— Ces pauvres gens n'ont aucun meuble, a-t-elle remarqué.

— Où s'assoient-ils? a demandé Bap.

— Par terre, a répondu mon père. Ou peut-être qu'ils restent debout.

— Leurs jambes doivent être fatiguées, a ajouté Bap.

— Sans doute, a acquiescé mon père.

— Heureusement que nous sommes venus, a dit ma mère. Ils doivent avoir bien besoin d'entendre des blagues.

— Je ne crois pas que quelqu'un habite ici, ai-je dit.

J'ai essayé d'ouvrir la porte. Elle n'était pas fermée à clé.

— Bonjour! Il y a quelqu'un? ai-je crié.

Pas de réponse.

Nous sommes entrés, mais nos appels et nos jappements retentissaient dans le vide. Sur la droite se trouvait une grande pièce déserte où trônait un foyer. Devant nous s'ouvrait une autre pièce vide qui donnait sur une cuisine. Je n'étais jamais entré dans une maison aussi énorme. Nos pas résonnaient sur les planchers de bois. Nous avons avancé sur la pointe des pieds, au cas où il y aurait quelqu'un à l'étage. Mais quand nous sommes montés, nous n'avons trouvé que quatre chambres inoccupées et une salle de bain.

— Si c'était notre maison, cette chambre serait la mienne, ai-je déclaré.

Je l'avais choisie parce qu'elle avait un énorme

placard pourvu d'une lumière et même d'une fenêtre.

— Je mettrais mon lit dans le placard, ai-je ajouté. J'utiliserais le reste de la chambre comme bureau, pour faire mes devoirs et écrire des sonnets.

— C'est quoi, un sonnet? a demandé ma mère.

Je le lui ai expliqué.

— Une pièce aussi grande pour seulement quatorze vers? a-t-elle dit.

Je suppose que c'est à ce moment-là que j'ai décidé d'écrire quelque chose de plus long.

Nous sommes allés voir la chambre voisine.

— Celle-ci pourrait être notre chambre, ont dit mes parents.

C'était la plus petite et la plus douillette. Ce devait avoir été une chambre de bébé, car on avait peint des lapins roses sur les murs.

Bap a choisi la salle de bain.

— Tu ne peux pas prendre la salle de bain comme chambre, lui avons-nous dit. Il n'y a pas de place pour un lit.

— Je veux dormir dans la baignoire, a-t-il insisté.

C'était une baignoire à l'ancienne, aussi grosse qu'un bateau et munie de pattes d'animal griffues.

— Mais nous y entrerions à toute heure du jour

et de la nuit, a dit ma mère. Tu n'aurais aucune intimité.

— Il y a une salle de bain en bas, a fait remarquer Bap.

Nous sommes allés vérifier. Quand nous avons vu qu'il y avait une baignoire dans l'autre salle de bain, nous avons laissé Bap faire à sa guise. De plus, cela laissait une chambre pour Coco et une autre pour les invités, comme M. Meilleur, Grand-mère Pat et Bruce, lorsque le cirque viendrait en ville. C'était parfait! Nous sommes restés debout dans la cuisine vide, les yeux fermés, à imaginer toutes sortes de possibilités. Mais bien sûr, ce n'était qu'un rêve. Coco s'est mise à japper parce que nous ne nous occupions pas d'elle, et cela a mis un terme à nos rêveries. J'ai tout de même pris une des cartes d'affaires empilées sur le comptoir de la cuisine. On y voyait la photo d'un homme souriant, qui était agent immobilier. Un agent immobilier, au cas où tu ne le saurais pas, c'est une personne qui vend des maisons.

Quand nous avons refermé la porte derrière nous, j'ai eu l'impression de quitter mon foyer pour toujours. C'était vraiment ridicule, puisque j'y avais passé 20 minutes à peine. Je n'avais jamais éprouvé ça en sortant de la caravane.

— C'est un bon prix, a dit ma mère pendant que

136

nous remontions la butte.

— Pourrais-tu vraiment vivre ici, Rosie? a demandé mon père. Sérieusement!

Ma mère a secoué la tête.

— Non. C'est un trou perdu. J'ai besoin d'avoir des gens autour de moi.

— Nous sommes des gens, a dit Bap.

— Mais vous seriez à l'école toute la journée. Je serais déprimée.

Et un clown déprimé, au cas où tu n'en aurais jamais vu, cela fait peine à voir.

Puis je me suis rappelé le jour où nous avions suivi une camionnette portant l'écriteau

CHARGE EXCEPTIONNELLE.

— Pourquoi ne pas déplacer la maison? ai-je dit. On pourrait la transporter en ville!

— La déplacer coûterait beaucoup plus que le prix de la maison elle-même, a dit mon père. Nous n'avons pas assez d'argent.

En fait, nous n'avions pas d'argent du tout. Nous ne savions même pas comment nous gagnerions notre vie après avoir quitté le cirque. Mais nous n'étions pas inquiets. Mes parents étaient certains que nous arriverions à retomber sur nos 12 pattes.

— Et s'il y avait un moyen de déplacer la maison gratuitement? ai-je demandé.

Nous avions atteint le sommet de la butte et pouvions voir un millier de courtepointes jaunes et vertes, comme celles de Mme Huard.

— Regardez, a dit Bap.

Quelqu'un arrivait à notre secours. Au volant d'une roulotte ornée d'une image de la Terre.

L'homme le plus fort du monde (ou presque)

Hier, quand j'ai lu le dernier chapitre à Bap, il m'a fait remarquer que je ne t'avais pas vraiment tout dit à propos de Bruno.

— Tu ne parles pas du jour où il a retenu le grand chapiteau pendant la tornade!

Tu sais quand il pleut et qu'un grand coup de vent retourne ton parapluie à l'envers? Eh bien, c'était exactement comme ça, mais en plus gros, évidemment.

— Et tu n'as pas raconté la fois où il a remis le train sur les rails, a dit Bap.

Le train avait déraillé et était rempli de passagers paniqués. Bruno leur a dit de s'accrocher, et a soulevé le train pour le remettre doucement sur les rails.

— Ou de la fois où il a attrapé le taureau en fuite!

Je ne peux pas tout écrire, n'est-ce pas? Mon histoire est bien assez longue.

Nous avons demandé à Bruno de venir voir la maison. Les mains sur les hanches, il a fait le tour du bâtiment en fredonnant. Puis il s'est accroupi et a frotté ses mains dans la poussière. Il a ouvert et refermé les poings, puis, faisant rouler ses énormes épaules, il a saisi un coin juste au-dessus de la fondation. Il soufflait si fort que nos cheveux en étaient tout décoiffés.

Je dois préciser une chose. Lorsque Bruno a retenu le grand chapiteau et soulevé le train, il n'a pas accompli ces extraordinaires tours de force surhumains tout seul. Il n'est pas *tout à fait* assez fort. Pendant la tornade, ma mère était accourue pour le retenir par sa ceinture. Elle n'avait pas eu besoin de tirer très fort, nous avait-elle dit après coup. Heureusement, car il aurait pu perdre sa culotte! Selon elle, il était plus difficile de retenir Coco. Quant au train, c'est Grand-mère Pat qui avait donné une petite poussée sur la roue, afin que Bruno puisse se glisser dessous.

Cette fois-ci, le visage de Bruno était tout rouge. Il poussait des grognements. Ses muscles étaient si gonflés qu'ils avaient quadruplé. Ses immenses cuisses ont commencé à se redresser, comme des arbres s'élevant du sol. Puis il s'est immobilisé et m'a jeté un regard désespéré. J'ai accouru pour placer mon petit doigt sous la maison. Elle a basculé comme une maison de poupée.

— Où la voulez-vous? a demandé Bruno.

Pour l'instant, nous voulions seulement nous assurer qu'il pouvait la soulever.

La fin

Une fois arrivés dans la nouvelle ville, nous avons monté le grand chapiteau et avons soupé. Puis M. Meilleur a convoqué une réunion, comme d'habitude. Nos parents nous ont demandé de les accompagner. Ils allaient donner leur démission, puisque nous avions trouvé un endroit où nous installer. Ils avaient besoin de notre appui. Dans la roulotte de M. Meilleur, Bap et moi nous sommes blottis sur la banquette du haut avec Coco, car il n'y avait pas assez de place pour deux enfants de plus avec un chihuahua.

Après avoir retiré son chapeau et épousseté ses épaules couvertes de crottes de lapin, M. Meilleur a ouvert l'assemblée en félicitant les Vaillants Voltigeurs de leur 11 107ᵉ spectacle. Ce groupe particulier d'artistes n'avait pas donné autant de représentations, bien sûr, mais M. Meilleur avait toujours été présent, au cours de ses 62 ans de carrière. Puis il a demandé si quelqu'un voulait ajouter un point à l'ordre du jour. Mes parents ont levé la main.

— Allez-y, Léo et Rosie! a dit M. Meilleur.

Ma mère et mon père semblaient paralysés. Je crois qu'ils s'étaient attendus à annoncer la nouvelle à la fin de la réunion. Ils se sont regardés en clignant des yeux, puis ma mère a sorti un mouchoir à pois de sa manche et s'est mouchée avec un bruit de klaxon. Mon père lui a pris le mouchoir et s'est mouché 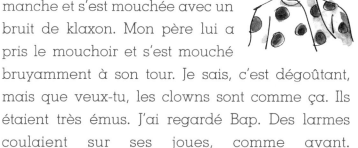 bruyamment à son tour. Je sais, c'est dégoûtant, mais que veux-tu, les clowns sont comme ça. Ils étaient très émus. J'ai regardé Bap. Des larmes coulaient sur ses joues, comme avant. Heureusement qu'il avait apporté une chaussette!

— Allez, Rosie, a dit M. Meilleur d'un ton impatient. Vide ton sac!

— Heu, heu... a balbutié ma mère.

— Nous... Heu, nous... a ajouté mon père.

— C'est que... a repris ma mère. Nous aimons le cirque. Nous vous aimons tous beaucoup.

— Comment vous dire au revoir? a demandé mon père.

Ma mère s'est tournée vers lui :

— Je croyais qu'on ne leur dirait pas au revoir! On devait partir à reculons en disant : « Bonjour, bonjour, bonjour! »

— C'est tout de même un au revoir.

— Non!

— Oui!

Grand-mère Pat est intervenue :

— Arrêtez, tous les deux! Je ne comprends pas ce que vous dites.

— Je vais vous expliquer, a dit M. Meilleur. Je crois deviner que deux petites fouines ont écouté aux portes, a-t-il ajouté en nous regardant, Bap et moi.

Je ne comprenais pas pourquoi il disait ça.

— Ma chère famille du cirque, a-t-il repris, je vous annonce avec une grande tristesse et une immense joie que les Vaillants Voltigeurs achèvent leur dernière tournée.

Des exclamations de surprise ont fusé dans la roulotte.

— Comme vous le savez tous, je ne suis plus jeune, a-t-il poursuivi. Pour dire la vérité, je suis vieux. Je suis vieux et fatigué de voyager. Si ce n'était qu'une question d'âge et de fatigue, j'aurais continué d'être votre imprésario et j'aurais simplement cessé mes activités de magicien. Toutefois, une merveilleuse complication est

144

survenue : chers amis, je vais me marier.

Silence.

Nous l'avons tous fixé en pensant la même chose : Jean-Jeanne était cruelle. Elle avait déçu M. Meilleur tant de fois! Si elle avait accepté de l'épouser, nous savions tous que le mariage n'aurait jamais lieu. Jean entraînerait Jeanne loin de l'autel, de force s'il le fallait.

M. Meilleur nous a regardés tour à tour :

— Eh bien! Personne ne me félicite?

Grand-mère Pat a toussoté.

— Félicitations, a-t-elle marmonné en regardant le plancher.

Tout le monde a suivi son exemple sans grand

enthousiasme. En fait, sans aucun enthousiasme.

— Vous avez tous eu le plaisir de rencontrer ma future femme quand elle est venue assister au spectacle, qu'elle a beaucoup apprécié, d'ailleurs.

Quelqu'un a grogné.

— Je suis sûr que nous serons très heureux ensemble. C'est une femme merveilleuse.

Personne n'osait dire un mot.

— Sans compter que Mme Huard est une vraie femme! a-t-il ajouté.

Bap et moi nous sommes exclamés :

— Mme Huard?

Nous avons dégringolé de la banquette et atterri sur Mimi et Claude. L'instant d'après, nous rebondissions vers le haut, comme des balles à jongler. Les réflexes des acrobates sont automatiques.

— Remettez-nous par terre! avons-nous crié.

Mais des cris d'allégresse ont enterré nos protestations. Riant aux éclats, nous nous sommes fait projeter dans les airs, pendant que la roulotte tanguait au rythme des tapes dans le dos que s'assenaient les artistes.

Et le plus beau, c'est que nous n'avons pas eu à annoncer notre départ.

Notre nouvelle vie

Bruno a posé la maison sur la remorque qui servait
à transporter le chapiteau. Pour la soulever, il n'a
eu besoin que de nos encouragements. Bap et moi
sommes demeurés dans la maison pendant que
nos parents conduisaient le camion. Ce serait la
dernière fois que nous verrions le paysage défiler
derrière nos fenêtres.

Au bout de la 2e rue, dans la ville de Sonnet, en
Saskatchewan; voilà où Bruno nous a déposés. Les

résidents semblaient heureux de voir arriver de nouveaux venus, car les gens sont nombreux à quitter les petites villes des Prairies. Nos voisins sont M. et Mme Frappier, qui ont un bébé très mignon. Coco en est si jalouse qu'elle se faufile sans cesse chez eux pour se coucher dans la poussette. M. et Mme Frappier ont toujours un choc quand ils veulent y mettre leur bébé! De l'autre côté de notre maison vit une grande famille de marmottes. La vue que nous avons de notre fenêtre est une véritable leçon de géographie.

Au mois de septembre, Bap et moi avons commencé l'école. Nous prenons l'autobus jusqu'à la ville de Bonnidée, car il n'y a pas d'école à Sonnet. Je suis en cinquième année, dans la classe de la merveilleuse Mme Fréchette. C'est fou tout ce que j'apprends! Chaque fois qu'elle ouvre la bouche, mon cerveau grossit! Colin est en sixième année, mais nous nous voyons le midi et aux récréations. La deuxième journée d'école, il m'a offert toute sa collection d'astronautes pour que je les colle sur notre roulotte. Au printemps, il a eu l'idée d'apporter son casque et ses jambières de receveur à l'école. Il les porte quand il s'exerce à l'unicycle, et moi, je m'en sers pour jouer à la balle enroulée.

Gim est toujours mon meilleur ami. Tous les

vendredis, ma mère, mon père, Bap et moi allons à Halo manger à La Perle Rose avec les Lee. Après le repas, je fais mes devoirs avec Gim, puis j'essaie de le battre au jeu de Go.

Es-tu encore capable de me lire?

Les Vaillants Voltigeurs se sont dispersés. Mimi et Claude sont retournés à Montréal où ils ont ouvert une boutique de vêtements. Bruno a été embauché par une entreprise de déménagement de Saskatoon. Il n'a aucun mal à soulever des meubles à lui seul. Comme Saskatoon n'est pas très loin, nous le voyons de temps à autre. Grand-mère Pat est allée vivre chez sa fille au Nebraska. Elle a l'intention de se lancer dans l'élevage de volailles.

M. Meilleur a épousé Mme Huard et a emménagé dans sa maison, à Sonnet. Il a transformé sa roulotte en musée du cirque, qu'il fait visiter lors des foires et des marchés. Beaucoup de gens viennent admirer les coquilles des célèbres œufs couvés par Grand-mère Pat. Nous croisons souvent M. Meilleur et sa femme en ville, et ils nous reçoivent pour souper tous les dimanches.

Nous y étions justement hier, quand une drôle de chose s'est produite. Nous étions dans la cuisine avec Mme Huard, qui surveillait la cuisson d'une tarte, quand M. Meilleur a donné un coup de coude à mon père en disant :

— Viens, Léo. Allons dehors.

— Ne le laissez pas fumer! a lancé Mme Huard à mon père.

— Ne fumez pas, monsieur Meilleur! avons-nous renchéri, Bap et moi.

— De quoi parlez-vous? a répliqué M. Meilleur. Vous savez bien que j'ai arrêté.

Il a sorti sa baguette de sa poche et a fait apparaître Sir Wilfrid dans les bras de Bap. Puis il est allé dans le jardin avec mon père.

— Bon, nous pouvons parler, maintenant, a dit Mme Huard à ma mère avec une drôle d'expression. Il a reçu une lettre.

— De qui? a demandé maman.

— De qui, à votre avis?

Ma mère a poussé une exclamation. Après un regard dans notre direction, elle nous a fait sortir de la pièce. Nous sommes allés en haut regarder notre ancienne chambre. Nous la considérons comme notre ancienne chambre, même si nous n'y avons passé qu'une seule nuit. C'était une nuit très importante.

C'est le bureau de M. Meilleur, maintenant. Toutes les photos de sa famille du cirque sont accrochées au mur. Le cirque d'autrefois et le cirque plus récent. On y voit Bruno, Mimi, Claude,

Grand-mère Pat et nous, les Gravel. Par contre, la photo de Jean-Jeanne n'y est pas.

Une odeur délicieuse nous est parvenue d'en bas. Nous sommes descendus pour regarder par la fenêtre du four. Mme Huard et ma mère bavardaient dans le salon. Nous avons tendu l'oreille en passant devant la porte.

— Je lui ai fait comprendre qu'il n'est plus libre, disait Mme Huard.

Ma mère nous a vus et a mis son doigt sur ses lèvres. Mme Huard a tourné la tête vers nous.

— Les murs ont des oreilles, on dirait! a-t-elle remarqué en souriant.

Je ne sais pas pourquoi elle a dit ça.

— Est-ce que Jean-Jeanne vous a répondu? ai-je demandé.

— Qui? a dit Mme Huard.

Tout à coup, nous avons entendu un gros *BANG!* La tarte venait d'exploser! Nous nous sommes précipités à la cuisine. Mme Huard a ouvert la porte du four en agitant un linge à vaisselle pour dissiper la fumée. Mais il n'y avait pas de fumée. La tarte était toujours dans le four, en train de dorer tranquillement.

Le bruit d'explosion venait du jardin.

Nous avons trouvé M. Meilleur à côté du garage, en train de crachoter. Ses cheveux blancs étaient couverts de suie. Son visage était noirci et un nuage de fumée flottait autour de sa tête. Mon père se roulait par terre en riant aux éclats. Nous l'avons aussitôt imité.

Mesdames et messieurs, une mise en garde! C'est vrai que fumer est mauvais pour la santé!

Je suppose que tu aimerais savoir comment nous gagnons de l'argent pour vivre. La réponse, c'est que nous n'en gagnons pas beaucoup. Mais avec un bon budget et en cultivant nos propres légumes, nous avons besoin de très peu d'argent.

Ma mère et mon père ont conduit la caravane jusqu'aux villes voisines, où ils ont accroché des affiches disant :

M. et Mme Pouêt
Clowns pour toutes occasions :

Fêtes d'enfants ❧ Réceptions
Mariages ❧ Funérailles

Je leur ai dit que personne ne voudrait de clowns pour des funérailles.

— Il devrait toujours y avoir des clowns aux funérailles, m'ont-ils répondu. C'est dans des moments pareils que les gens ont besoin de se faire remonter le moral.

Ils reçoivent plusieurs appels.

Ma mère aimerait que mon père peigne des pois sur la maison, l'été prochain. Elle pense que des pois seraient aussi d'un très bel effet sur l'élévateur à grains de Sonnet.

Peux-tu encore lire, ou l'encre est-elle trop délavée?

En ce qui me concerne, j'ai l'intention de faire publier cette histoire. Comme ça, je recevrai des droits d'auteur! Alors, si tu as aimé ce livre, s'il te plaît, achètes-en un exemplaire pour un ami. Et si tu me le fais parvenir par la poste avec une enveloppe de retour timbrée, je te l'autographierai.

En attendant, nous gagnons un peu d'argent chaque fin de semaine au marché grâce à notre stand de blagues. Les gens aiment bien entendre des plaisanteries pendant qu'ils goûtent les cornichons. Bap et moi aidons nos parents à élargir leur répertoire de blagues. Je ne croyais pas avoir un si bon sens de l'humour! Voici deux blagues gratuites. Si tu les aimes, mets un dollar dans u e

env l ppe tim rée porta   t n ad es e, et env -la à
S nn t, poste res a e. Nou t'env rons nos t ut
dern es blag .

Pourquoi   cor ichon a-t- trav sé la ru ?
Pour   un rollmops!
Ou celle-c :
Un poisson s   et s'est r ou é da s un bocal.
— Qu' -ce que je f s ici avec   tas de ornich ns?
— Hé,   attention à   tu dis!
O   no !